RAGNARÖK

coleção
MITOS

A. S. BYATT

Ragnarök

O fim dos deuses

Tradução
Maria Luiza Newlands

COMPANHIA DAS LETRAS

Grafia atualizada segundo o Acordo Ortográfico da Língua Portuguesa de 1990, que entrou em vigor no Brasil em 2009.

Título original
Ragnarök: The End of the Gods

Capa
Carlo Giovani

Preparação
Ciça Caropreso

Revisão
Marina Nogueira
Valquíria Della Pozza

Dados Internacionais de Catalogação na Publicação (CIP)
(Câmara Brasileira do Livro, SP, Brasil)

Byatt, A. S.
Ragnarök : O fim dos deuses / A. S. Byatt ; tradução Maria Luiza Newlands. — 1ª ed. — São Paulo: Companhia das Letras, 2013.

Título original : Ragnarök : The End of the Gods.
ISBN 978-85-359-2268-4

1. Ficção inglesa I. Título.

13-03554 CDD-823

Índice para catálogo sistemático:
1. Ficção : Literatura inglesa 823

[2013]

EDITORA SCHWARCZ S.A.
Rua Bandeira Paulista, 702, cj. 32
04532-002 — São Paulo — SP
Telefone: (11) 3707-3500
Fax: (11) 3707-3501
www.companhiadasletras.com.br
www.blogdacompanhia.com.br

Para minha mãe, K. M. Drabble,
que me deu Asgard *e os deuses.*

Sobre os nomes

Esta história foi feita a partir de muitas histórias em muitas línguas — islandês, alemão e outras. Nos mitos, os nomes das pessoas variam de uma narração para outra. Iduna e Idun são a mesma pessoa. Há muitas maneiras de se escrever Jørmungandr ou Jörmungander. Senti mais prazer em usar várias grafias do que em tentar obter uma coerência artificial. Os mitos mudam na mente, dependendo da narração — não existe uma versão correta predominante.

A caçada selvagem de Wodan

Uma criança magra em tempo de guerra

Havia uma criança magra que tinha três anos quando a guerra mundial começou. Ela se lembrava, ainda que vagamente, do tempo antes da guerra, quando, como sua mãe sempre lhe contava, havia mel e creme e ovos em abundância. Era uma criança magra, doentia, ossuda, parecida com uma salamandra-de-água, o cabelo fino como fumaça ao sol. Seus parentes mais velhos lhe diziam não faça isso, cuidado com aquilo, porque "estavam em guerra". A vida era um estado de guerra. Apesar disso, por um paradoxo do destino, talvez a criança apenas tenha sobrevivido porque sua família trocou o ar sulfuroso de uma cidade de aço, repleta de chaminés fumacentas, por uma cidade no campo sem interesse nenhum pelas bombas dos inimigos. Ela cresceu no corriqueiro paraíso do campo inglês. Com cinco anos, ia a pé para a escola, a pouco mais de três quilômetros, através de campinas cobertas de prímulas silvestres, botões-de-ouro, margaridas e ervilhaca, margeadas por sebes floridas e depois cheias de bagas, abrunheiros, espinheiros, rosas-bravas e o estranho freixo com seus botões escuros.

Quando esses botões apareciam, sua mãe sempre dizia: "Negros como botões de freixo no início de março". O destino de sua mãe também era paradoxal. Pelo fato de haver uma guerra, era legalmente possível para ela viver de sua mente, ensinar meninos brilhantes, o que, antes da guerra, fora proibido a mulheres casadas. A criança magra aprendeu a ler muito cedo. Sua mãe era mais real, e também mais amável, quando a questão eram letras agrupadas na página. Seu pai estava longe. Estava no ar, na guerra, na África, na Grécia, em Roma, em um mundo que só existia nos livros. Ela se lembrava dele. Tinha o cabelo vermelho-dourado e olhos claros, azuis, como um deus.

A criança magra sabia, e não sabia que sabia, que os mais velhos viviam um medo provisório da destruição iminente. Defrontavam-se com o fim do mundo que conheciam. O mundo do campo inglês não acabou, como muitos outros, não foi devastado nem transformado em lamaçal pelos exércitos. Mas o medo era constante, ainda que ninguém falasse dele com a criança magra. No fundo da alma, ela sabia que seu esplêndido pai não voltaria. Ao final de cada ano, a família bebericava sua sidra e brindava ao retorno dele em segurança. A criança magra sentia um desespero que não sabia que sentia.

Yggdrasil, o Freixo

O fim do mundo

O COMEÇO

A criança magra pensava menos (ou agora é o que parece) no lugar de onde viera e mais sobre a velha questão: por que existe alguma coisa em vez de não existir nada? E devorava histórias com sofreguidão, fileiras de sinais negros no branco, que viravam montanhas e árvores, estrelas, luas e sóis, dragões, anões, e florestas contendo lobos, raposas e sombras. Contava suas próprias histórias enquanto andava pelos campos, histórias de cavaleiros impetuosos e lagoas fundas, de criaturas bondosas e bruxas malvadas.

A certa altura, quando ela ficou um pouquinho mais velha, descobriu *Asgard e os deuses*. Era um volume compacto, encadernado em verde, com uma imagem curiosa e movimentada na capa, a da Caçada Selvagem de Odin, os cavaleiros irrompendo em um céu nublado em meio a relâmpagos, observados, da entrada de uma caverna escura e subterrânea, por um anão com um gorro na cabeça e expressão assustada. O livro estava cheio de gravuras em metal, profusamente detalhadas, misteriosas, representando lobos e águas revoltas, aparições e mulheres flutuando. Era um livro acadêmico, e fora na verdade usado por sua mãe como "gabarito" em provas de islandês antigo e nórdico antigo. No entanto, era alemão. Fora adaptado da obra do dr. W. Wägner. A criança magra estava acostumada a ler livros do princípio ao fim. Leu a introdução, sobre o resgate do "velho mundo germânico, com seus segredos e maravilhas...". A ideia dos alemães deixou-a intrigada. Ela sonhava que havia alemães debaixo de sua cama, que, depois de jogarem seus pais dentro de um poço verde em um bosque escuro, estavam serrando as pernas da cama dela para apanhá-la e destruí-la. Quem seriam esses velhos alemães, comparados com os lá de cima, que agora distribuíam a morte do alto do céu noturno?

O livro também dizia que essas histórias pertenciam a povos "nórdicos", noruegueses, dinamarqueses e islandeses. A criança magra era, na Inglaterra, uma habitante do Norte. A família vinha de uma terra invadida e colonizada por *vikings*. Essas histórias eram dela. O livro tornou-se uma paixão.

Ela lia tarde da noite com uma lanterna escondida debaixo das cobertas ou empurrando o livro através de uma fenda aberta na porta do quarto de dormir, na direção de um feixe de luz fraca que vinha do lado de fora, do patamar a salvo da escuridão. O outro livro que lia e relia, repetidamente, era *O peregrino*, de John Bunyan. Sentiu em seus ossos o peso do fardo mutilante carregado pelo Homem que chafurdava no Pântano do Desalento, acompanhou suas viagens através das regiões ermas e do Vale das Sombras, seus encontros com o Gigante Desespero e o demônio Apollyon. A narrativa de Bunyan tinha uma mensagem e um significado claros. O mesmo não acontecia com *Asgard e os deuses*. Esse livro era o relato de um mistério, de como um mundo se formou, foi ocupado por seres mágicos e poderosos e depois chegou ao fim. Um Fim de verdade. Fim.

Uma das ilustrações mostrava as Rochas no Riesengebirge. Um rio corria através de uma fenda, acima da qual se erguiam altas saliências de rocha que eram quase cabeças sem traços distintos e tocos de quase braços, eretas entre colunas que se projetavam sem nenhuma semelhança com qualquer forma viva. Relevos cinzentos de florestas cobriam uma encosta. Na margem próxima, seres humanos minúsculos como formigas, quase invisíveis, olhavam para cima. Espectros de véus feitos de nuvens pendiam entre as formas e a criança que lia. Ela leu:

> As lendas de gigantes e dragões criaram-se aos poucos, como todos os mitos. No início, objetos naturais eram vistos como idênticos a esses seres estranhos, mais tarde as rochas e os abismos tornaram-se suas moradas e, por fim, eles passaram a ser considerados personalidades distintas e tiveram seu próprio reino de Jotunheim.

A imagem causou à criança um prazer intenso, estranho. Ela sabia, sem que soubesse explicar, que era exatamente o grau de amorfismo das rochas, descritos com tantos detalhes, que era tão satisfatório. O olho que lia precisava trabalhar para lhes dar vida, e assim ela o fez, várias vezes seguidas, nunca repetindo a mesma vida, como o artista pretendera. Ela havia notado que um arbusto ou um cepo, vistos à distância em sua caminhada pela campina, por um breve instante podiam ser um cão agachado rosnando, ou um galho caído podia ser uma cobra de olhos brilhantes meneando a língua bifurcada.

Essa maneira de ver vinha de onde vinham os deuses e gigantes.

Os gigantes de pedra davam a ela vontade de escrever.

Enchiam o mundo de uma energia e de um poder assustadores.

Ela enxergava as faces informes deles espiando-a por trás do respirador de sua máscara antigases durante o treino para o ataque aéreo.

Toda quarta-feira, as crianças da escola primária iam para a igreja local ter aulas sobre as Sagradas Escrituras. O pároco era bondoso: a luz entrava por um vitral acima de sua cabeça.

Havia imagens e canções sobre o doce Jesus manso e meigo. Em uma delas, ele pregava em uma clareira a um grupo de adoráveis e atentos animais, coelhos, uma corça, um esquilo, uma gralha. Os animais eram mais reais do que a divino-humana figura. A criança magra tentou se sensibilizar com a imagem, mas não conseguiu.

Ensinaram-lhes a dizer orações. A criança magra teve uma intuição do que era a maldade ao sentir o que falava ser sugado para dentro de uma nuvem de algodão feita de nada.

Era uma criança lógica, como são as crianças. Não compreendia como um Deus tão bom, tão amável e bondoso como aquele para o qual rezavam poderia condenar a Terra inteira por seus pecados e inundá-la, ou então condenar seu único Filho a uma morte revoltante em benefício de todos. Essa morte não parecia ter feito muito bem. Havia uma guerra acontecendo. Provavelmente haveria sempre uma guerra acontecendo. Os combatentes do outro lado eram maus e não estavam salvos do pecado, ou talvez fossem humanos e estivessem feridos.

A criança magra pensava que essas histórias — o doce, manso e meigo, a do bárbaro e exultante sacrifício — eram ambas invenções humanas, como a vida dos gigantes no Riesengebirge. Nenhum aspecto das histórias fazia com que a criança sentisse vontade de escrever ou alimentava sua imaginação. Elas a entorpeciam. Tentou pensar que poderia ser má por ter esses pensamentos. Talvez fosse como a Ignorância, em *O peregrino*, que caiu no poço às portas do céu. Tentou sentir-se má.

Mas seu pensamento se desviou para onde sua mente estava viva.

YGGDRASIL, O FREIXO-MUNDO

> Conheço um freixo que se chama Iggdrasil
> Uma árvore copada que uma nuvem brilhante umedece.

No começo, era a árvore. A bola de pedra corria pelo vazio. Sob a crosta, havia fogo. Rochas ferviam, gases fervilhavam. Bolhas irrompiam através da crosta. Densa água salgada aderia à bola que rolava. Limo escorria dela, no limo formas reformavam-se. Qualquer ponto de uma bola é o centro, e a árvore estava no centro. Mantinha o mundo intacto, no ar, na terra, na luz, no escuro, na mente.

Era uma criatura imensa. Fincava raízes-agulhas em espessa matéria vegetal. Atrás das pontas cegas vinham fios, cordas e cabos, que tenteavam, agarravam, procuravam. Suas três raízes estendiam-se por baixo de campinas e montanhas, sob Midgard, terra média, até Jotunheim, lar dos gigantes de gelo, e desciam pela escuridão para os eflúvios de Hel.

Seu tronco alto era formado por anéis de madeira compactados, um dentro do outro, pressionados para fora. Junto do interior de sua casca havia feixes de tubos, fazendo subir colunas incessantes de água para os galhos e a copa. A força da árvore movimentava o fluxo da água até as folhas, que se abriam à luz do sol e misturavam luz, água, ar e terra para fazer nova matéria verde, agitando-se ao vento, sugando a chuva. A matéria verde comia luz. À noite, quando a luz esmaecia, a árvore a devolvia, brilhando brevemente ao crepúsculo como uma lâmpada fraca.

A árvore comia e era comida, alimentava e era alimentada. Sua vasta malha subterrânea de vias e caminhos de raízes estava infestada e envolta por filamentos de fungos, que se alimentavam das raízes, coleavam para as células e sugavam a vida. Só de vez em quando essas prósperas criaturas-filamentos emergiam do chão da floresta ou da casca para fazer cogumelos ou chapéus-de-sapo escarlates e coriáceos, com verrugas brancas, frágeis sombrinhas de pele clara, saliências lenhosas em camadas sobre a casca. Ou então levantavam-se de seus caules e faziam bufas-de-lobo, que estouravam e espalhavam esporos como fumaça. Alimentavam-se da árvore, mas também levavam-lhe alimento, finos fragmentos que subiam na coluna de água.

Havia minhocas, gordas como dedos ou finas como fios de cabelo, empurrando focinhos rombudos através da matéria vegetal em decomposição, comendo raízes, excretando alimentos de raiz. Besouros ocupavam-se na casca, triturando e furando, reproduzindo-se e alimentando-se, cintilando como se fossem de metal, marrons como se fossem de madeira morta. Pica-paus perfuravam a casca e comiam larvas gordas que devoravam a árvore. Nas cores verde e vermelho, preto, branco e escarlate, eles reluziam entre os ramos. Aranhas pendiam em seda, penduravam teias finamente tecidas em folhas e galhos, caçavam insetos, borboletas, mariposas macias, grilos empertigados. Formigas fervilhavam como exércitos frenéticos ou criavam pulgões doces, acariciados por antenas delgadas. Poças formavam-se nas fossas onde os ramos se bifurcavam; musgo crescia; pererecas de cores vivas nadavam nas poças, botavam ovos delicados e, com pequenos espasmos, engoliam vermes espiralados. Pássaros cantavam nas pontas dos ramos e construíam ninhos de todos os tipos — taças de barro, bolsas peludas, tigelas macias forradas de feno —, escondidos em buracos na casca. Toda a superfície da árvore era arranhada e escarafunchada, esburacada e mastigada, picada e amassada.

Havia histórias sobre outras criaturas em convivência nos galhos espalhados. No alto, ao que parecia, postava-se uma águia, cantando com indiferença sobre o passado, o presente e o porvir. Seu nome era Hraesvelgr, "a que engole carne"; quando batia as asas, ventos sopravam, tempestades uivavam. No meio dos olhos da ave imensa, havia um belo falcão, Vedrfölnir. Os grandes ramos eram pastagem para criaturas que pastam, quatro veados, Daínn, Dvalinn, Dúneyrr e Duraþrór, e uma cabra, Heidrún, cujo úbere era cheio de hidromel. Um diligente esquilo preto, "dente de broca", Ratatöskr, corria atarefado do topo à raiz, da raiz ao topo, carregando mensagens maldosas da ave pousada no alto para o dragão negro vigilante, enrolado em torno das raízes, Nidhøggr, entrelaçado a uma ninhada de vermes encaracolados. Nidhøggr roía as raízes, que se renovavam.

A árvore era imensa. Dava sustentação ou sombra a altos salões e palácios. Era um mundo em si mesma.

A seu pé havia um poço negro, incomensurável, cujas águas escuras, quando bebidas, davam sabedoria, ou ao menos discernimento. À sua borda sentavam-se as Irmãs Fatais, as Norns, que talvez tivessem vindo de Jotunheim. Urd via o passado, Werdandi via o presente e Skuld olhava para o futuro. O poço também era chamado de Urd. As irmãs eram fiandeiras, as que torciam os fios do destino. Eram as jardineiras e guardiãs da árvore. Regavam-na com a água negra do poço. Alimentavam-na com o puro barro branco, o *aurr*. E assim a árvore se deteriorava, ou se reduzia, de um momento para outro. E assim sempre se renovava.

RÁNDRASILL

Nas florestas de algas, crescia uma colossal alga macho, Rándrasill, a Árvore-Mar. Agarrava-se com pega firme à rocha submersa, de onde sua haste subia como um açoite, mais alta do que mastros ou vigas de cumeeiras, o estipe. O estipe subia e subia das profundezas para a superfície, ainda vítreo, fustigado pelos ventos, balançando, preguiçoso. Onde a água encontrava o ar, o estipe se espalhava em tufos de folhas e serpentinas, cada uma impelida por uma bolsa de gás, por uma bexiga em sua base. A folhagem se ramificava e, como a da Árvore-Terra, era tramada com células verdes que comiam luz. A água do mar absorve luz vermelha; poeira e detritos flutuantes absorvem azul; plantas aquáticas lá no fundo, com pouca luz, são quase sempre de cor vermelha, enquanto as que se agitam na superfície ou se prendem a bordas batidas pelas marés podem ser de um verde-vivo ou amarelo-lustroso. A Árvore-Mar cresceu muito velozmente. Tiras foram arrancadas e outras brotaram, uma nova geração de plantas aquáticas fluiu em profusão das frondes em nuvens leitosas ou em nuvens verdes de criaturas em movimento, que nadavam livremente antes de aderirem às rochas. Na floresta aquática, criaturas comiam e eram comidas, tal qual nas raízes e nos galhos da Árvore-Terra.

Caracóis errantes e lesmas-do-mar comiam da superfície da árvore e raspavam dela partículas de vida, animal e vegetal. Esponjas que se alimentam por filtragem sugavam no emaranhado dos estipes; anêmonas-do-mar agarravam-se às plantas aquáticas presas na árvore, abrindo e fechando suas bocas franjadas e carnudas. Criaturas cobertas de cascas e dotadas de garras, camarões e lagostas espinhosas, frágeis estrelas-do-mar e lírios-do-mar, todos ceavam. Ouriços-do-mar espinhentos vagueavam e mastigavam. Havia multidões de caranguejos: caranguejos porcelanídeos, grandes caranguejos-aranha, escorpiões-d'água, caranguejos-de-pedra, siris-da-areia, caranguejos redondos, siris comestíveis, centolas, portunídeos, caranguejos angulares, cada um com seu território. Havia pepinos-do-mar, anfípodes, mexilhões, cracas-dos-navios, tunicados e poliquetas. Todos comiam a madeira e nutriam a vegetação aquática com seus excrementos e sua deterioração.

Coisas oscilavam, deslizavam e navegavam pela floresta marinha, caçando e sendo caçadas. Algumas eram peixes disfarçados de plantas aquáticas — o peixe-pescador, envolto em véus flutuantes como sargaço, o peixe-dragão, parado na água, indistinguível das formas das frondes, envolto em xales e estandartes como esfarrapadas protuberâncias vegetais. E havia peixes enormes com corpos laminados, refletindo a luz, sombras à espreita nas sombras, os flancos ondulantes mudando de cor conforme a luz penetrava na água e era por ela peneirada.

A Árvore-Mar estava num mundo onde cresciam outras formas de vida marinha, desde vastas extensões de carvalhinho-do-mar até laminárias comuns, alcares, chicotes-de-bruxa, cinturões-de-vênus, digitatas rabos-de-cavalo, aventais-do-diabo e taças-de-sereias. Cardumes de peixes grandes e pequenos passavam, globos cheios de arenques girando, bandos de atum correndo. Havia salmões em suas longas viagens — chinuques, prateados, vermelhos, rosados, manchados e listrados. Havia tartarugas-verdes pastando nas folhagens. Havia tubarões aerodinâmicos de muitas formas, cações-raposa, anequins, tubarões-anequim, cações-bico-de-cristal, tubarões-leopardo, tubarões-negros, tubarões-corre-costa e tubarões-toninha, aqueles que caçam os caçadores da caça. Grandes baleias arrancavam lulas-gigantes das profundezas ou abriam as imensas peneiras de suas bocas para filtrar plâncton. Criaturas construíam casas na copa da mesma maneira como criaturas construíam casas no Freixo-Mundo. Lontras-marinhas construíam berços e balançavam-se, penduradas nas frondes, revirando moluscos e ouriços-do-mar em suas ativas patas dianteiras. Golfinhos dançavam e cantavam, assobiando e emitindo estalidos. Aves marinhas davam gritos no alto e precipitavam-se como flechas sobre a massa de água. O sol e a lua puxavam a água de um lado para outro. As marés rastejavam praias acima, eram sugadas pelas baías e braços de mar, quebravam em rendas brancas de borrifos sobre carapaças de rochas, eram arremessadas em largueza e lisura ou se infiltravam, sinuosas, em deltas.

A pega da Árvore-Mar estava em uma encosta de montanha subterrânea, funda, funda, onde o último lampejo de luz do sol ou da lua pode penetrar. Havia coisas mais profundas. Havia criaturas das trevas cujas formas encouraçadas, ou suas cabeças espinhentas, ou suas cabeças carnudas, acendiam-se na negra escuridão como que por obra de lâmpadas brilhantes. Coisas que pescavam a presa com uma linha de pesca de sua própria carne, coisas cujos olhos reluziam na escuridão visível.

Ao pé do Freixo-Mundo está a fonte de Urd: água negra, parada, fria. Ao pé da Árvore-Mar há passagens e funis, através dos quais o vapor assovia, que cospem pedra derretida que sai do centro quente da Terra. Ali também, no escuro, vermes se arrastam e pálidos camarões agitam antenas vítreas. Assim como as três mulheres de Jotunheim, as Norns, sentam-se na borda da fonte e alimentam e águam a árvore, também Aegir e Rán estão sentados nas correntezas que remoinham junto da pega de Rándrasill. Aegir faz música com uma harpa de cordas e uma concha perolada. Baleias e golfinhos quedam-se imóveis, filtrando o cantar através das câmaras de eco de suas cabeças. Os sons podem agir como óleo no oceano, causando uma calmaria inerte ou uma calmaria brilhante, vidrada quando vista de baixo, cintilante quando vista de cima. Existem outras canções que perturbam as correntezas e lançam para cima grandes línguas de água vociferando, tão alto acima da fina superfície quanto a árvore está acima da sua pega. A massa de água, verde-vítrea, negro-basalto, fica parada por um momento perpétuo e então a crista desmorona e mergulha fundo outra vez, espalhando espuma, escuma e bilhões de borbulhas de ar. A mulher de Aegir, Rán, maneja uma ampla rede, com a qual recolhe criaturas mortas e morrentes à medida que elas caem nas densas profundezas. Dizem que as coisas apanhadas em sua rede não estão mortas nem morrentes, mas apenas extasiadas com o som da água se agitando. O que ela faz com os ossos e barbatanas, peles e pelancas, não se sabe. Dizem que os planta na areia para alimentar o que rasteja e se arrasta por baixo dela. Dizem que guarda para si os muito belos — uma lula luminosa, um marinheiro com uma espessa cabeleira dourada, de olhos azuis e brinco de lápis-lazúli, uma serpente marinha desgarrada — e os arruma num jardim de plantas aquáticas, só pelo prazer de olhar. Aqueles que a olham nada mais veem, e não voltam para contar como ela é.

HOMO HOMINI DEUS EST

A criança magra que vivia no tempo da guerra refletiu sobre como seria possível alguma coisa vir do nada. Na história contada na igreja de pedra, uma figura de avô que transpirava presunção passara seis dias deliciosos criando coisas — céu e mar, sol e lua, as árvores e as algas marinhas, o camelo, o cavalo, o pavão, o cão, o gato, o verme, todas as criaturas que na terra vivem para cantar para ele com vozes alegres, para lhe cantar louvores, enfim, como os anjos faziam sem cessar. E ele pusera os humanos em seus lugares e dissera a eles para não saírem dali e não comerem da ciência do bem e do mal. A criança magra conhecia muito bem as histórias de fadas para saber que quando surge uma proibição numa história, ela só está ali para ser desobedecida. Os primeiros humanos estavam fadados a comer a maçã. As cartas do jogo estavam marcadas contra eles. O avô estava satisfeito consigo mesmo. A criança magra não encontrou ninguém com quem simpatizar nessa história. Exceto talvez a serpente, a quem não se pedira para ser usada como tentadora. A serpente queria apenas enrolar-se nos galhos das árvores.

Quem aparecia no início das histórias de Asgard?

Na primeira era,
Nada havia,
Nem mar nem areia,
Nem onda fria;
Não havia terra,
Nem céu no alto.
Havia o abismo aberto
e nenhuma relva crescia
Em nenhum lugar.

O abismo vazio tinha um nome, Ginnungagap, que a criança magra repetia sem parar, uma palavra maravilhosa. Esse abismo não era totalmente sem forma. Era delimitado pelos pontos cardeais. Ao norte ficava Niflheim, a terra das névoas, lugar frio e úmido de onde irrompiam, rugindo com violência, doze correntes de água gelada. Ao sul ficava Muspelheim, a região quente, onde o fogo causticava e fumegava. Icebergs haviam vindo de Niflheim e derreteram, virando vapor com a baforada quente de Muspelheim. No redemoinho do caos, esguichos e respingos foram moldando uma forma humana, o gigante Ymir, ou Aurgelmir, cujo nome quer dizer "argila fervente" ou "o que grita com voz rascante". Ele foi feito, diziam alguns, do puro barro branco com o qual as Norns alimentavam Yggdrasil. Era imenso: era tudo, ou quase tudo. A criança magra o viu de braços abertos, todo fulgurante, sem rosto por alguma razão, sua cabeça feito um globo rochoso.

Havia outra criatura em Ginnungagap, uma vaca enorme, que produzia leite constantemente enquanto lambia o sal das rochas de gelo. Ymir alimentava-se daquele leite. A criança magra não conseguia imaginar como, sendo ele daquele tamanho todo. Ymir era o pai dos Hrimthurses, os gigantes do gelo, que brotavam de seu corpo. Na concavidade entre seu braço esquerdo e seu tronco, formavam-se criaturas, machos e fêmeas; os pés dele enroscaram-se um no outro e geraram um ente do sexo masculino. Enquanto isso, a vaca imensa, que diligentemente lambia o sal com sua língua quente, descobriu primeiro o cabelo encaracolado, depois a carne-geada entorpecida de outro gigante, Burr, que gerou outro, Bor, que encontrou em algum lugar (onde?, pensava a criança magra, a cabeça empanturrada dos gigantes que abarrotavam Ginnungagap) uma giganta chamada Bestla, que deu à luz três filhos, os primeiros deuses, Odin, Wili e We.

Esses três se lançaram sobre Ymir, o mataram e esquartejaram.

A criança magra tentou imaginar isso. Haveria uma possibilidade, caso ela reduzisse tudo de tamanho, de modo que Ginnungagap e todo o seu conteúdo se assemelhassem a uma bola de vidro grosso, dentro da qual a bruma voasse em fiapos, e o homem de barro estaria esparramado no espaço, o corpo rebrilhando de geada. Os primeiros deuses caíram de surpresa sobre esse homem e o dilaceraram com unhas, dentes, foices, ganchos, com o quê mais? Eles o despedaçaram membro por membro, essa frase ela conhecia bem. Eles não tinham rostos, não eram pessoas, esses três deuses, moviam-se rapidamente, como sombras negras, como se fossem homens-ratos, esfaqueando e escarafunchando. Esse primeiro ato dos novos deuses deu-se em três cores, as primeiras que os humanos veem e às quais dão nomes: negro, branco e vermelho. O Abismo era negro, de muitos tons de negro, densos e finos, brilhantes e tenebrosos. O grande homem de gelo era branco, exceto em certas partes suas que produziam sombras de um roxo esbranquiçado, as axilas, suas narinas monstruosas, atrás de seus joelhos. Os novos deuses retalhavam e riam. O sangue jorrava das feridas que eles faziam, escorria do pescoço de Ymir pelos ombros abaixo, descia como um traje quente por cima de seu peito e flancos, fluía, fluía, enchia a bola de vidro com uma correnteza de líquido carmesim e inundava o mundo. Era inestancável, era a vida que estivera nele debaixo do barro e do gelo e que se esvaía em morte. Havia uma história no livro *Asgard* de que a criança magra não gostava, sobre um gigante chamado Bergelmir, que construiu um barco, sobreviveu ao dilúvio e se tornou o ancestral dos outros gigantes. Ela não gostava da história porque o escritor alemão dizia que talvez fosse uma influência da história de Noé e o Dilúvio. Ela queria manter esse conto separado do outro.

Os deuses fizeram o mundo a partir do gigante morto. A criança magra ficava perturbada por ter de imaginar tal coisa, não havia escala pela qual ela pudesse calcular aquilo, embora conseguisse visualizar as sombrias semelhanças que ligavam os pedaços do Humano morto às criaturas e às estruturas do mundo.

Da carne de Ymir
Formou-se a Terra.
De seus ossos, as montanhas,
O céu, do crânio do gigante,
Frio como gelo,
E de seu sangue,
O mar.

Os lagos foram feitos de seu suor e as árvores, de seu cabelo encaracolado. Dentro da alta caverna do crânio, seu cérebro transformou-se em nuvens ondulantes. As estrelas eram talvez fagulhas errantes de Muspelheim, que os deuses apanharam e fixaram sob o osso do crânio. Ou talvez fossem luzes acima do osso, vislumbradas através de fendas e furos feitos durante a matança.

Larvas e vermes de todos os tipos alimentaram-se da carne podre. Os deuses os transformaram em moradores das cavernas, no povo dos anões, nos *trolls*, lentos e fortes, nos elfos negros. Pegaram as grossas sobrancelhas do cadáver e as transformaram em uma cerca viva para rodear Midgard, o Jardim da Terra Média. No centro de Midgard, construíram a casa dos deuses, Asgard. Esses deuses chamavam a si mesmos de Ases, que quer dizer pilares, e Asgard foi circundada por Midgard, que foi rodeado pelo mar sangrento, fora do qual ficava Utgard, o Lado de Fora, onde coisas terríveis espreitavam e rondavam.

Os deuses também fizeram o Sol e a Lua e, com eles, o tempo. A Terra era um cadáver em germinação e o céu era o bojo de uma caveira. O Sol e a Lua também tinham forma humana. O Sol era uma mulher coruscante em uma carruagem puxada por um cavalo, Arwaker (o que acorda cedo). A Lua era um menino fulgurante, Mani, guiando seu cavalo Alswider (todo ligeiro). A Mãe-Noite cavalgava um cavalo escuro, Hrimfaxi (crina de geada), e era seguida por seu filho, o Dia, no Skinfaxi (crina brilhante). Essas figuras, alternando claridade e escuridão, moviam-se numa interminável procissão embaixo do crânio, acima das nuvens.

Havia algo estranho nesses reluzentes e sombrios condutores e cavaleiros. Tanto o Sol quanto a Lua eram intensamente perseguidos por lobos de bocarras escancaradas, mordendo-lhes os calcanhares, correndo pelo vazio. A história não mencionava nenhuma criação de lobos, eles simplesmente apareciam rosnando, escuros. Eram parte do ritmo das coisas. Nunca descansavam ou se cansavam. O mundo criado existia no interior do crânio, e os lobos na mente estavam lá desde o início da procissão celeste.

Os deuses construíram Asgard lindamente. Fizeram ferramentas e armas, panelas e taças de ouro, pois o ouro era abundante, discos de ouro para arremessar e figuras esculpidas em ouro para jogar jogos de damas e de xadrez. Fizeram os anões e os *trolls*, os elfos escuros e os claros. Foi nesse ponto que, quase por acaso, para seu agrado ou para se divertirem, fizeram seres humanos.

Houve três deuses que saíram de Asgard e foram passear pelos campos verdes de Midgard. A terra era cheia de vida, cheia de relva e bulbos suculentos. Os três deuses eram Odin, Hönir e Lodur, que talvez fosse, explicava o livro *Asgard*, o esperto Loki sob outra forma. Os três deuses foram para a beira do mar e lá encontraram dois troncos sem vida, Ask, o freixo, e Embla, que talvez fosse um amieiro, um olmo ou o tronco de uma videira. Essas coisas não tinham nada.

Não tinham mente,
Não tinham sentidos,
Nem sangue ou som
Ou cores vívidas.

Os três deuses transformaram-nos em seres vivos. Odin deu-lhes mentes, Hönir deu-lhes os sentidos, e Loki, o quente, deu-lhes sangue e cor. Assim, os três deuses assassinos tornaram-se doadores de vida, supondo-se, pensava a criança magra, que Wili e We, que haviam desaparecido da história, tivessem simplesmente sido substituídos por Hönir e Loki. Havia sempre três, era uma regra das histórias, tanto de mitos quanto de contos de fadas. Era a Regra de Três. Na história cristã, os três são o avô zangado, o bom homem torturado e o pássaro branco com as asas batendo. Ali, naquela narrativa sobre o mundo, Odin era um criador e os outros também, para perfazer três.

A criança magra imaginava o novo homem e a nova mulher de madeira. A pele deles era lisa e macia como casca nova de árvore, seus olhos brilhantes como os de pássaros alertas, mexiam os dedos das mãos e dos pés em devagar, surpresos, tal como galinhas e cobras quando saem do ovo, e tropeçavam um pouco ao aprender a andar. Abriam a boca para sorrir um para o outro. Nada haviam comido ainda, pois eram matéria vegetal morta, mas suas bocas cheias de dentes novos, fortes e brancos, possuíam os caninos pontudos dos comedores de carne, os lobos da cabeça.

Nada mais se sabe a respeito de Ask e Embla. Como muitas outras coisas nessa história, eles aparecem durante um breve tempo, depois são novamente engolidos pela escuridão. Mas Odin, o deus, fazia a história caminhar. Também Loki, se o terceiro deus errante fosse mesmo aquele malandrim, como a criança gostava de pensar que fosse, pois ele fortalecia os elos da corrente da história estando presente quando os homens foram feitos.

A criança magra atravessava o belo campo chovesse ou fizesse sol, a sacola cheia de livros e canetas, a máscara de gás pendurada, como o fardo do Cristão a andar pelos campos lendo seu Livro Sagrado. Enquanto caminhava, ela pensava muito, e com afinco, sobre o significado da crença. Não acreditava nas histórias de *Asgard e os deuses*. Mas elas ficavam rodopiando como fumaça em sua cabeça, zumbindo como abelhas escuras numa colmeia. Leu as histórias gregas na escola e disse a si mesma que haviam existido pessoas que acreditavam nesses deuses e deusas caprichosos e briguentos, mas ela própria lia as histórias deles da mesma forma como lia contos de fadas. Gato de Botas, Baba Yaga, *brownies*, *pucks* e fadas, tolos e perigosos, ninfas, dríades, hidras e o cavalo branco alado, Pégaso, todos proporcionavam o prazer que o irreal oferece à mente quando por um breve instante é mais real do que o mundo visível jamais poderá ser. Mas eles não viviam nela, e ela não vivia neles.

A igreja tinha uma cancela de verdade, como a de *O peregrino*, onde estava escrito: Batei, e vos será aberta. Por essa porta ela entrava, largava sacola e máscara e assumia o ônus de ser obrigada a acreditar naquilo que *não podia* acreditar — e, sabia, bem no fundo de sua cabeça e de seu corpo, em seus pulmões que chiavam e no espaço atrás dos olhos, que *não queria acreditar*. Bunyan teria encontrado algum castigo terrível para ela, um escorregão para dentro de um caldeirão de gordura fervendo, algum demônio com garras que a arrebatasse por cima da copa das árvores.

O pároco falava com doçura sobre o doce Jesus, e ela se sentia *indelicada* por não acreditar nele.

O que estava vivo naquele lugar limpo, feito de pedras, que cheirava a polidor de metal, era a língua inglesa. Ó Pai misericordioso e Todo-Poderoso; nós pecamos, e nos desviamos de teus caminhos como ovelhas extraviadas. Sucumbimos demais aos estratagemas e desejos de nosso coração. Pecamos contra tuas leis sagradas. Deixamos por fazer coisas que deveríamos ter feito; e fizemos aquelas que não deveríamos; e não há sanidade em nós. Mas tu, ó Senhor, tem piedade de nós, miseráveis pecadores. Poupe aqueles, ó Deus, que confessarem suas faltas.

A criança magra sabia de cor essas palavras. Às vezes as entoava enquanto caminhava ao longo da cerca viva, acentuando as palavras para dar ritmo, imaginando as ovelhas extraviadas que baliam e olhavam de um lado para o outro num campo cinzento. Mas o credo ela não conseguia recitar. Não acreditava nem no Pai nem no Filho nem no Espírito Santo. Tentava dizer as palavras e sentia-se como a filha má do conto de fadas, cuja boca e garganta estavam cheias de rãs e sapos se contorcendo.

Criou para si um mito dos prados enquanto corria na ida à escola e fazia o caminho de volta, vagarosa, em tardes compridas. Eles cantavam na igreja, na escola:

Margaridas são nossa prata,
botões-de-ouro, nosso ouro;
São todo o grande tesouro
Que podemos ter e guardar.

Gotas de chuva são diamantes,
E o orvalho da manhã;
Como safiras reluzentes,
Temos umbrosas verônicas.

Ela gostava de ver e de aprender, e de saber os nomes das coisas. Margaridas, *daisies* em sua língua. O nome da flor vem de *day's eyes,* "olhos do dia", ela aprendeu, estremecendo de prazer. Botões-de-ouro, de um amarelo lustroso, cor mais linda do que o ouro, e os onipresentes dentes-de-leão, fogosamente amarelos, com folhas denteadas e inflorescências mais finas do que a lã, as sementes de pontos negros como os girinos nas nuvens de esferas gelatinosas dentro das lagoas. Na primavera, o campo se enchia de prímulas silvestres e, nas cercas vivas, nos emaranhados de plantas variadas, debaixo da sebe de espinheiro e do freixo, havia rosas-de-páscoa e violetas de muitas cores, indo de um roxo suntuoso ao branco com toques de lilás. *Dandelion, dent-de-lion,* dente-de-leão, sua mãe lhe dizia. Sua mãe gostava de palavras. Havia ervilhaca e erva-coalheira, miosótis e verônicas, dedaleiras, viperinas, cerefólio-bravo, beladona (em guirlandas nas sebes), epilóbio e pelargônio, cardamina cabeluda, azeda-graúda (boa para feridas e picadas), celidônias, candelária-dos-jardins e licne. Ela observava cada uma ao desabrochar, em tufos espalhados pela relva, ou as solitárias, escondidas em valas ou agarradas a pedras.

A mata estava cheia de vida, quase toda invisível, embora pudesse ser ouvida, farfalhando nas folhas mortas ou escutando a criança que escutava. Podia-se ouvir a atenção de um pássaro escondido, de um arganaz agachado. Ela observava as aranhas tecerem suas armadilhas perfeitamente geométricas ou espreitarem debaixo de um espesso funil de seda convidativo. Havia, em diferentes épocas do ano, nuvens de borboletas, amarelas e brancas, azuis, alaranjadas e de um negro aveludado. Os campos estavam cheios de abelhas zumbindo, sugando as flores. Os galhos e o céu eram habitados por pássaros. A cotovia subia, subia, da terra nua para o céu azul, cantando. Tordos batiam nas pedras com a carapaça dos caracóis e deixavam um tapete estralejante de cascas vazias. Gralhas passeavam, grasnavam e se reuniam em assembleias brilhosas no alto das árvores. Imensas nuvens de estorninhos passavam lá em cima volteando como se fossem uma única asa negra, enovelando-se igual a fumaça. Maçaricos lançavam seu chamado.

A criança magra pescava girinos e esgana-gatas na lagoa, onde havia uma abundância sem fim deles. Juntava grandes maços de flores do campo, prímulas silvestres cheias de mel, saudades em almofadas azuis, rosas-bravas, e os levava para casa, onde as flores não viviam muito tempo, o que não a preocupava, pois havia sempre mais surgindo. Floresciam, murchavam, morriam e sempre voltavam na primavera seguinte, e seria sempre assim, pensava a criança magra, muito tempo depois que ela própria estivesse morta. Talvez mais do que todas as outras flores, ela amava as papoulas silvestres, que faziam a ribanceira verde ficar escarlate como sangue. Gostava de apanhar um botão que estivesse gordo e pronto para abrir, de lábios verdes e peludos. Então, com os dedos, ela retirava o invólucro das pétalas e extraía a seda vermelha amarrotada — ligeiramente úmida, pensava — e a estendia à luz do sol. No fundo, sabia que não deveria fazer isso. Estava abreviando uma vida, interrompendo um desdobramento natural pelo prazer da curiosidade satisfeita e pelo vislumbre da carne secreta da flor, escarlate, vincada, franzida, e que murchava quase de imediato entre seu indicador e o polegar. Mas havia sempre mais, muito mais. Era tudo uma coisa só, o campo, a sebe, o freixo, a mata, o caminho percorrido, as inúmeras formas de vida, das quais a criança magra, depois de largar no chão sua sacola e sua máscara de gás, era apenas uma entre muitas.

ASGARD

Em Asgard, os deuses banqueteavam-se e bebiam hidromel em taças e pratos de ouro. Apreciavam peças de metal, sobretudo de ouro, e adquiriam montes de bugigangas e anéis mágicos vindos das forjas escuras dos anões. Faziam brincadeiras de mau gosto e brigavam uns com os outros. Iam até os limites do círculo de Midgard e enfrentavam gigantes, voltavam e cantavam louvores a si próprios. A criança magra chegou à conclusão de que o céu cristão e o nórdico eram enfadonhos, talvez porque os homens mortais não pudessem compreendê-los. No hino que ela e as outras crianças cantavam, havia os santos jogando suas coroas de ouro num mar de vidro. As palavras eram lindas, ouro, mar de vidro. Mas a eternidade ameaçava a criança magra com o tédio.

Odin, que governava os deuses, vivia em Valhalla, Valhöll, a porta de entrada dos que eram mortos em combate, uma moradia imensa. O teto era formado por escudos de ouro, o lugar tinha quinhentas portas. Seus habitantes eram os Einherjar, guerreiros mortos levados dos campos de batalha pelas Valquírias, donzelas guerreiras que ali pairavam no momento em que eram mortos. Tinham vivido apenas para combater. O combate era sua vocação eterna. Todos os dias eles saíam e lutavam entre si até a morte cruel. Todas as noites eram trazidos de volta à vida e banqueteavam-se em Valhöll com a carne assada do javali Sährimnir, que, depois que lhe descarnavam os ossos e lhe bebiam o sangue durante a ceia, era ressuscitado, voltava a ser sólido e a bufar outra vez, apenas para ser abatido, assado e comido de novo, dia após dia.

A criança magra arrepiava-se de medo e excitação ao pensar em Odin, um deus ao mesmo tempo sinistro e perigoso. Era um deus deteriorado, um deus caolho que pagara com o outro olho pelo conhecimento mágico que bebera na fonte de Urd, na qual a cabeça decepada do Jotun, Mimir, contava histórias, estórias, entoava feitiços de poder, recitava poesias rúnicas de sabedoria. Odin era um deus que espreitava, disfarçado de um velho coberto com um manto cinzento, chapéu puxado para a frente escondendo sua órbita vazia. Era um deus que fazia perguntas enigmáticas e destruía aqueles que davam respostas erradas. Carregava uma lança de guerra, Gungnir, decorada com runas entalhadas que desvendavam os segredos dos homens, dos animais e da terra. Essa lança havia sido feita com um galho arrancado da própria Iggdrasil. Fora aparada até tomar forma. Deixava um ferimento e uma cicatriz.*

* Esta parte da história foi contada pela primeira vez por Richard Wagner. (N. A.)

No livro *Asgard*, Odin era retratado no palácio do rei Geirod, que amarrou os pulsos do visitante desconhecido e o colocou para queimar entre duas fogueiras. Era uma boa imagem, a figura negra e enigmática agachada entre os tições incandescentes, sem sorrir nem fazer cara feia, mas com ar pensativo. Depois de oito noites sem comida nem bebida, deram ao visitante cerveja dentro de uma cornucópia, e ele se pôs a cantar, cada vez mais alto, uma canção sobre Asgard e os guerreiros em Valhöll, sobre Yggdrasil e suas raízes nas raízes do mundo. Então o deus se revelou e o rei caiu sobre a própria espada. Odin era um deus imprevisível que aceitava sacrifícios humanos na forma de "águias-de-sangue", com os homens presos a troncos de árvores, seus pulmões arrancados através das costelas. Era um deus que fora ele próprio submetido à tortura, o que o tornou mais forte, mais sábio e mais perigoso.

Sei que me penduraram numa árvore ao vento
Durante nove longas noites,
Ferido com uma lança dedicada a Odin,
só eu, sozinho, naquela árvore, que nenhum homem sabe
de onde vêm as raízes.

Nenhum pão me deram, nem bebida num chifre,
E olhei para baixo; apanhei as runas, gritando as apanhei,
Depois caí dali.

Nove feitiços poderosos aprendi...

Odin era o deus da Caçada Selvagem. Ou da Hoste Enfurecida. Eles cavalgavam pelos céus, cavalos e cães, caçadores e homens armados espectrais. Nunca se cansavam e nunca paravam; as trompas de chifre uivavam ao vento, os cascos batiam, eles formavam um turbilhão que girava em bandos perigosos como enormes estorninhos. O cavalo de Odin, Sleipnir, tinha oito pernas: seu galope era estrondoso. À noite, em seu quarto escurecido pelo blecaute, a criança magra escutava sons no céu, um gemido distante, hélices se agitando, uma trovoada passando no alto e depois indo embora. Ela havia visto e ouvido o impacto e o incêndio quando o aeródromo perto da casa de seus avós foi bombardeado. Encolhera-se em um armário debaixo da escada, do mesmo jeito como os homens foram ensinados a se esconder, deitados no chão, quando a Hoste passava. Odin era o deus da morte e da batalha. Pouco tráfego cruzava os limites da pequena cidade onde a criança magra morava. A maior parte era o que se chamava de "comboios", uma palavra que para a criança magra era sinônimo de desfile de veículos de cor cáqui, trepidação e rangidos. Em alguns vinham homens jovens sentados na traseira de caminhões, sorrindo para as crianças que acenavam, sacolejando com o movimento barulhento dos veículos. Eles vinham e se iam. Ninguém sabia dizer para onde. Eram os "nossos rapazes". A criança pensava em seu pai, queimando no ar por cima do norte da África. Ela não sabia onde ficava o norte da África. Imaginava-o com seu cabelo flamejante em um flamejante avião negro, em meio ao ruído alto das hélices. Os aviadores eram os personagens da Caçada Selvagem. Eram perigosos. Se um caçador desmontasse, se desmancharia em pó, a criança lera. Era uma boa história, uma história com significado, havia medo e perigo nela, havia coisas fora de controle.

Durante o dia, os campos luminosos. À noite, o roncar do fim do mundo nos céus.

Depois, havia Loki. Loki era um ser que não era uma coisa nem outra. Não era um Ase nem um Jotun, não morava em Asgard nem em Jotunheim. Os Ases eram seres que tinham apenas um objetivo. Concentravam-se em batalhas e alimentos ou, no caso das deusas, em beleza, ciúme, anéis e colares. Iduna, a bela, morava nos galhos verdes de Yggdrasil e cultivava as maçãs brilhantes da juventude, com as quais alimentava os deuses. Certa vez, quando um gigante a capturou e às suas maçãs, Loki assumiu a forma de um falcão e as levou de volta em suas garras. Loki era um metamorfo, o único entre os deuses. Corria pelos prados de Midgard sob a forma de uma linda égua. Esse animal distraiu o cavalo mágico do gigante que construiu as muralhas de Asgard — tão bem que mais tarde a égua deu à luz Sleipnir, o corcel de oito patas de Odin. Loki era insistente como uma mosca e roubou o colar de ouro de Freya, o Brisingamen. Ele conhecia todos os lugares secretos. Disfarçou-se de inocente moça de fazenda, ordenhando vacas; mudava de sexo como mudava de forma. Era ardiloso. Lutou com Heimdall, o arauto, sob a forma de uma foca. Foi um salmão, pulando numa cachoeira ou deslizando suavemente sob a superfície da água.

Os alemães acreditavam que seu nome estava relacionado às palavras Lohe, Loge, Logi, chama e fogo. Também era conhecido como Loptr, o deus do ar. Mais tarde, os cristãos o associaram a Lúcifer, Lukifer, o portador da luz, o Filho da Manhã decaído, o adversário. Era belo, afirmava-se sempre, mas sua beleza era difícil de se distinguir ou ver pois ele estava sempre tremeluzindo, palpitando, dissolvendo-se, misturando-se, tinha a forma de uma chama sem forma, era a linha revolta de formas pontiagudas na massa informe das águas da cachoeira. Era o vento invisível que apressava as nuvens em vagalhões e faixas. Podia-se ver no céu uma árvore nua curvada pelo vento, estendendo galhos retorcidos e gravetos curvados, e de repente sua forma informe desenhar a figura do trapaceiro.

Ele era divertido e perigoso, nem bom nem mau. Thor era o grandalhão intimidador da turma elevado à categoria de trovão retumbante e chuvarada. Odin era Poder, estava no poder. O elusivo Loki fulgurava em assombro e se deliciava.

Os deuses precisavam dele porque era inteligente, porque resolvia problemas. Quando necessitavam romper acordos feitos de modo precipitado, na maioria das vezes com gigantes, Loki mostrava-lhes uma saída. Era o deus das conclusões. Fornecia soluções para histórias — se assim o desejasse. Os finais que ele inventava muitas vezes levavam a mais problemas.

Não existem altares para Loki, não há lápides, não havia culto dedicado a ele. Nos mitos, ele era o terceiro do trio, Odin, Höni, Loki. Nos mitos, o mais importante é o primeiro dos três. Mas, nos contos de fadas e no folclore em que esses três deuses também representam seus papéis, a regra de três é diferente: o personagem importante é o terceiro, o filho *mais novo*, Loki.

Ele tinha mulher em Asgard, Sigyn, que o amava, e dois filhos, Wali e Narwi.

Mas era um forasteiro, e com carência de desordem.

A criança magra, lendo e relendo aquelas histórias, não amava nem odiava as pessoas que havia nelas — não eram "personagens" em cujos atos ela pudesse colocar sua imaginação. Como leitora, era uma espectadora solene, às vezes perturbada, às vezes alegre. Mas abria uma exceção para Loki. Era o único de todos esses seres que tinha humor e espirituosidade. Suas formas mutantes eram atraentes, sua esperteza tinha encanto. Ele a inquietava, mas ela sentia algo por ele, enquanto os outros, Odin, Thor, Baldur, o Belo, eram como eram, com suas formas já determinadas, sábios, fortes, lindos.

No Oriente, a velha *no Bosque de Ferro*
incita os lobos *da raça de Fenrir;*
um se destina *a ser um dia*
a fera monstruosa *que destrói a lua.*

O Bosque de Ferro ficava fora das muralhas de Asgard, fora da campina de Midgard, um lugar escuro, infernal, habitado por coisas que eram metade animais e metade humanas, ou quem sabe metade deuses, ou metade demônios. No poema, a velha é Angurboda, Angrboða, portadora de angústia, uma giganta de rosto feroz, pelagem de lobo, mãos e pés com garras, dentes afiados. Loki brincava com ela, ondulando como labareda ao longo de seu corpo e dentro dele, dando-lhe prazer contra a vontade dela, agarrando, apertando e escapando, invadindo, inalcançável. Falavam um com o outro com rosnados e silvos. Sigyn não teria reconhecido esse Loki feroz, nem seu uivo triunfante quando sua semente penetrava. Será que ele previu as formas que teriam seus filhos? Um deles foi um filhote de lobo, já armado de uma fieira de dentes afiados e uma goela escura por trás. Outro, uma serpente flexível, com uma coroa de tentáculos carnudos e dentes tão afiados quanto os de seu irmão, embora finos como agulhas. Ela era da cor do ouro fosco, com cintilações de vermelho-sangue em suas escamas quando se esticava e se enrolava.

O terceiro era uma mulher, ou uma giganta, ou uma deusa. Era de uma cor estranha, ou de mais de uma cor estranha. Sua figura resoluta tinha costas retas, pernas longas, mãos fortes e competentes, pés firmes. Seu rosto, não haveria outra maneira de descrevê-lo, era grave. Tinha faces esculpidas, boca larga e séria com dentes fortes e afiados, dentes de lobo, dentes próprios para dilacerar. O nariz era fino e as sobrancelhas acinzentadas, como fumaça, como o mundo inferior compreende a noção de "floresta", as algas marinhas das colinas. Suas órbitas iam fundo, fundo. Dentro daquelas cavernas havia olhos que não piscavam, escuros, escuros como poças de alcatrão ou poços onde nenhuma luz se reflete. Agora a cor: metade dela era negra, a outra metade, azul. Metade dela, quem a viu também contou isto, era carne com vida, a outra metade estava morta. Às vezes, a linha entre o negro e o azul a dividia nitidamente, descendo do topo de sua cabeça negra pelo nariz comprido, o queixo, o esterno, o sexo, até o espaço entre os pés. Mas às vezes o negro e o azul flutuavam um por cima do outro e se fundiam. Eram cores belas, como o último azul do céu quando encontra a escuridão da noite que chega. Ou medonhas, da cor de contusões em carne machucada ou moribunda. Dormia nua, enroscada e enrolada junto de seus terríveis irmãos, escamas, pelo, focinho, presas, pálpebras por cima de olhos penetrantes. Os três produziam um sibilar e um ronronar roucos. Encantavam Loki. Ele os alimentava e os via crescer. Quem sabe o que poderiam fazer? E eles cresciam, eles cresciam.

* * *

Odin estava sentado em seu trono, Hlidskialf, segurando sua lança, Gungnir, inspecionando Asgard, Midgard, Jotunheim e o Bosque de Ferro. Dois corvos negros, Hugin (pensamento) e Munin (memória), contaram-lhe o que tinham visto durante o voo. Ele virou o rosto furioso para o Bosque de Ferro.

No início, quando o Abismo foi inundado pelo sangue que jorrava de Ymir, Loki era irmão adotivo de Odin. Eles juraram com sangue sua fraternidade e viajaram no mesmo barco pelo mar de sangue. Agora Odin impunha a ordem e Loki sorria para a desordem. Os deuses sabiam que os três monstros eram perigosos e que seriam mais perigosos ainda. Odin enviou uma força para buscá-los, Hermodur, o Brilhante, e o deus da caça, Tyr. Eles atravessaram a ponte reluzente, Bifröst, que une Asgard aos outros mundos, cruzaram o rio Ifing e chegaram onde Loki estava, na terra sombria dos Hrimthurses. Capturaram os três e voltaram com eles até os degraus de Hlidskialf. O lobo bocejava. A serpente enrolou-se, formando um nó. Hel mantinha-se rígida, azul-negra, com o olhar fixo.

Odin agiu. Arremessou dois dos três no espaço. A pequena serpente rebrilhou frouxamente no ar e foi caindo, e voando, e caindo, até despencar na superfície do oceano negro brilhante que rodeava Midgard. Esticou-se e nadou por algum tempo, subindo e descendo nas ondas. Então afundou, ou mergulhou, e desapareceu. Os deuses aplaudiram.

Odin pegou Hel e atirou-a na direção de Niflheim, a terra escura de névoas e do frio. Ela se manteve rígida, como uma seta lançada de um arco, um míssil de nariz pontudo, indo embora, descendo, nove dias caindo através da luz do sol, da lua e das estrelas, passando pelas carruagens do Sol e da Lua em sua corrida de competição, passando pelas pontas altas dos pinheiros e por suas raízes, penetrando e atravessando os charcos e pântanos sem luz de Niflheim, cruzando a fria torrente de Giöll e entrando em Helheim, onde ela deveria reinar sobre aqueles humanos que não haviam tido a sorte de morrer em combate, em uma terra de sombras. A ponte sobre o Giöll era de ouro e a grade que delimitava Hel era de ferro, alta e intransponível. No interior do salão escuro, um trono aguardava a criatura machucada, lívida, a deusa, a filha monstruosa, e em cima de uma almofada negra havia uma coroa, feita de ouro branco e pedras da lua, e pérolas iguais a lágrimas congeladas, e cristais que pareciam geada. Quando ela apanhou a coroa e o cetro que estava ao lado, os mortos começaram a entrar aos borbotões em seu salão, como morcegos sussurrantes, incontáveis, insubstanciais. Ela os acolheu sem sorrir. Eles giravam em torno dela, assobiando fracamente, e ela fez trazerem pratos com fantasmas de frutas e carne, e copos, dentro dos quais havia fantasmas de hidromel e vinho, com bolhas fantasmagóricas nas bordas.

E o lobo? Os lobos correm, fortes, pelas florestas da mente. Os seres humanos ouviam os uivos na escuridão, música insistente, um alegre coro recíproco; essas criaturas incansáveis, sempre caminhando, trotando e correndo, estão ao mesmo tempo fora da vista e dentro da cabeça. Lá também estão a pelagem eriçada, o focinho, os dentes, o sangue. A luz do fogo e a luz da lua cheia refletem-se em olhos inumanos que cintilam no escuro, pontinhos brilhando nas sombras profundas. Os humanos respeitam os lobos, a proximidade e o calor do bando, a engenhosidade da perseguição, o chamado e o rosnado, mensagens vindas da garganta. Em Asgard, Odin tinha dois filhotes domesticados a seus pés, para os quais jogava a carne que não comia. Os lobos são livres e monstruosos: os lobos são os antepassados dos cães, criaturas da lareira e da caça que substituíram o líder do bando por um ser humano. Humanos e deuses formaram seus próprios bandos para caçar e matar os bandos de lobos. Talvez alguns filhotes tivessem sido tirados de um covil no qual os pais tivessem sido mortos, e então alimentados com leite e carne e trazidos da selva. Talvez um filhote solitário estivesse sentado na borda de uma clareira e uivasse, e fosse então levado por uma mulher, alimentado e domesticado. Eles apontam seus focinhos para a lua e uivam.

O deus Tyr era um caçador e um combatente. Usava uma pele de lobo como manto; a grande cabeça morta, cega e de dentes arreganhados, balançava acima de seu rosto barbudo, peludo. Quando Odin hesitou sobre de que maneira se desfazer do filhote-Fenris, Tyr disse que o levaria, alimentaria e talvez o domesticasse, de modo que pudesse caçar com ele. Fenris rosnou de boca fechada e pôs as orelhas para trás. A criança magra do tempo da guerra se perguntou por que o onisciente Odin não destruiu simplesmente o lobo e a serpente, que sem sombra de dúvida eram malvados e temíveis e cheios de animosidade para com os Ases. Mas era evidente que ele não podia fazer tal coisa — era coagido por algum outro poder, o que deu forma à história que o continha. A história decidiu que os destruidores deveriam sobreviver. O máximo que os deuses podiam fazer era refrear os monstros, incapacitá-

-los. Tyr achava que conhecia o lobo porque conhecia a vida selvagem. Ele o levou para os bosques de Midgard, alimentou-o e correu com ele em meio às árvores. Brincaram juntos: quando a fera crescesse, iriam caçar juntos.

O lobo cresceu. Como seu pai, era descomedido. A voz ficou mais grave e ampla — produzia uma gama de rosnados, latidos casquinados e uivos clamorosos que podiam ser ouvidos, cada vez mais alto, na distante Asgard. Para Tyr, era a música da selva. Era o único que pensava assim. O filhote brincalhão tornou-se um jovem saltitante do tamanho de um javali, e crescia sem parar. Matava por prazer, o que Tyr encarava como brincadeira juvenil. Deixava lebres sangrando na neve e corças estripadas na floresta. Ficou do tamanho de um jumento, depois de um potro, depois de um touro novo. Sua algazarra ecoava em Midgard e seus silêncios eram sinistros, pois quando silenciava é porque estava no encalço de algo, e ninguém — nenhum deus — sabia o que lhe daria na cabeça querer perseguir depois. Tyr trazia-lhe talhos de carne de porco e gansos mortos para aplacá-lo, para ganhar sua confiança. Fenris comia, uivava e matava.

Os deuses decidiram prender o lobo. As palavras usadas pelos homens para descrever os deuses eram as que empregavam para definir grilhões ou elos, coisas que mantinham a unidade do mundo, que o mantinham dentro de limites, impedindo a irrupção do caos e da desordem. Odin governava com uma lança feita de um galho arrancado de Yggdrasil, uma lança onde estavam entalhadas as runas da justiça, uma lança que trouxera a guerra para o mundo, para resolver conflitos, uma lança que dava cabo de guerreiros e os encaminhava para o Valhalla, onde havia porco assado, mel e jogos de xadrez por toda a eternidade. Os deuses tinham o controle. O lobo era o filho enfurecido do incompreensível e imprevisível Loki, que zombava das solenidades deles e dizia que eles acabariam mal. Mas algo em sua noção da ordem das coisas os fez decidir apenas por confinar e torturar a grande fera, e não por abatê-la. Para isso, precisavam lançar mão de artimanhas, precisavam enganá-la e convencê-la a cooperar, precisavam que se submetesse a eles.

Fabricaram um forte grilhão, que recebeu o nome de Leyding, e foram todos ao encontro do lobo na floresta, e em tom agradável lhe falaram que tinham trazido aquele brinquedo para que ele demonstrasse sua força. Eles o prenderiam de brincadeira, e ele se soltaria, mostrando-lhes o vigor de seus tendões e nervos.

Os pelos da nuca do lobo se eriçaram: observou-os com olhos frios, calculistas, as pupilas reduzidas a pontinhos. Ele poderia concordar, disse, encrespando os músculos rijos sob a pelagem lustrosa. Mas para quê? Eles tinham apostado, explicaram, diante da fera parada à margem da clareira, de onde poderia desaparecer para dentro do bosque escuro ou saltar de dentes arreganhados e garras de fora sobre os deuses, eles tinham apostado em quanto tempo o grilhão seria capaz de contê-lo. Heimdall, o arauto, o que guardava o grande portão de Asgard, ouviu a relva crescendo na terra, a lã brotando do couro das ovelhas. Ouviu o sangue do lobo pulsando e palpitando, ouviu sua pelagem se expandindo. "Entre na brincadeira conosco", disse ele à fera, que lançou um olhar para Leyding, avaliando-o, e deitou-se no chão da floresta, estendendo as enormes patas guarnecidas de garras. Então eles pegaram o grilhão e prenderam-lhe os pés, juntando-os, e prenderam sua mandíbula, evitando a proximidade de seu hálito quente cheirando a carne, e deixaram-no como um boi pronto para ser assado. Ele emitiu um som abafado, balançou a cabeça de um lado para outro, tossiu com a garganta contraída, tossiu de novo, então se sacudiu, inchando todas as juntas, e o grilhão estalou, entortou-se e caiu por terra. O lobo pôs-se de pé, olhou de cara fechada para os deuses e produziu um som entre um uivo e um ronronar, que eles sabiam ser seu riso. Olhou para eles, quase esperando uma continuação da brincadeira, mas eles deram-lhe as costas e voltaram para Asgard.

Disseram a seus ferreiros que teriam de criar algo melhor. Eles fabricaram uma corrente nova, com elos duplos, habilmente fundidos juntos. Seu nome era Dromi. Levaram-na para o lobo, que entortou a cabeça para o lado, calculando a força dela. Disse que a corrente era muito forte. Disse também que ele próprio aumentara de tamanho desde que despedaçara Leyding. Seria uma fera famosa, disseram-lhe os deuses, se conseguisse dar conta de uma ferragem tão elaborada. Ele parou e pensou, e respondeu-lhes que aquela corrente era de fato mais forte. Porém, ele também estava mais forte. Portanto, permitiu que o prendessem outra vez. E então se sacudiu com grande vigor, contorceu-se e esforçou-se, deu chutes e partiu o grilhão em fragmentos que voaram para todos os lados. E sorriu para os deuses, a língua pendente balançando e o riso contido. Ele continuou crescendo; Heimdall podia escutar.

Os deuses mandaram Skirnir, um jovem mensageiro, procurar os anões, que moravam bem abaixo, na terra dos elfos escuros. E os anões fizeram uma meada flexível de não coisas. Havia seis, entrelaçadas: o som da passada de um gato, a barba de uma mulher, as raízes de uma montanha, os tendões de um urso, a respiração de um peixe e a saliva de um pássaro. A peça era leve como o ar e suave como seda, uma fita comprida, delicada. Ela foi levada para o lobo, a quem disseram com astúcia que aquela fita era mais resistente do que parecia. Puxaram-na com as próprias mãos, um após o outro, sem lhe deixar marcas. O lobo estava desconfiado. Queria recusar, mas receava que zombassem dele. Disse-lhes que suspeitava que estivessem usando de má-fé, que aquilo fosse um embuste. Concordaria apenas se um deles colocasse a mão entre suas mandíbulas, como penhor de honestidade, como compromisso de sua boa-fé. Então Tyr pousou uma das mãos sobre a cabeça quente da fera, como faria com um cão nervoso, e depois enfiou a outra mão calmamente dentro da boca de Fenris. E os deuses enrolaram várias voltas da fita flutuante em flancos e coxas, patas e garras, pescoço e lombo. E a fera se sacudiu, e se contorceu, enquanto o grilhão mais o prendia e apertava. Era inevitável. Assim como era inevitável que Fenris cerrasse os dentes, decepando pele, carne e osso. Os deuses viram o lobo ranger os dentes e engolir, e enfaixaram o toco ensanguentado de Tyr. O lobo fulminou-os com o olhar e disse que, se a mão de um deus podia ser devorada, seria possível matar os deuses quando chegasse a vez do lobo. A resposta dos deuses foi pegar uma parte da fita Gleipnir — e o nome dessa corda era Gelgia — e enrolá-la numa grande laje de pedra, que também tinha um nome, Giöll. Eles a cravaram na terra e a prenderam a outra grande pedra, Thviti. O lobo uivava horrivelmente e rangia os dentes. Então, dando risadas, os deuses apanharam uma grande espada e a enfiaram na boca do lobo. O punho dessa espada está enterrado na sua gengiva inferior;

a ponta, na superior. A fera imensa se torce de dor, e por entre seus uivos nasce um rio de suas mandíbulas abertas. Seu nome é Esperança.

Esperança de quê?

Os deuses sabiam, Odin sabia, que a vez do lobo iria chegar. O lobo iria se juntar aos seus no fim das coisas. Havia terrores previstos, como a soltura do lobo, ou do cão, Garm, que era o cão de guarda do portão do reino subterrâneo de Hel. Esse animal era parente dos dois lobos que correm perpetuamente através do firmamento no crânio de Ymir, acompanhando as carruagens do Sol e da Lua. A criança magra, lendo sobre o mundo sólido que se formou quando Ymir foi desmembrado, vira uma gravura do Dia e da Noite, do Sol e da Lua em carruagens que corriam puxadas por belos cavalos. Corriam tanto assim, incessantemente, porque viviam sob medo constante. Atrás do Sol, atrás da Lua, havia lobos em desabalada carreira, o pelo do pescoço eriçado, as línguas pendentes, incansáveis como são os lobos quando em perseguição, esperando que sua presa vacile ou tropece. De onde vinham essas criaturas terríveis, a criança magra não sabia. As lendas diziam que eram prole da austera giganta do Bosque de Ferro, parentes do lobo-Fenris. Na cabeça da criança magra, devia ter havido um tempo em que o Sol e a Lua, criados pelos deuses, moviam-se de acordo com a doce vontade deles, vagueando talvez, fazendo uma pausa talvez, prolongando um dia bonito ou um verão agradável talvez, ou uma noite escura sem sonhos. Em um conto antigo, os lobos tinham nomes. Skoll perseguia o Sol e Hati Hrodvitnisson corria sem parar com a intenção de alcançar a Lua. O movimento de claro e escuro, a ordem do dia e da noite e as estações do ano eram portanto, a criança magra percebeu, um produto do medo, dos lobos na mente. A ordem vinha dos vínculos entre essas coisas e dentes e garras ameaçadores. A criança magra do tempo da guerra leu, assustada, a profecia de outro lobo poderoso que estava por vir, Moongarm, que iria se encher da força vital de todos os que morrem, que iria engolir os corpos celestes e salpicar de sangue os céus. E isso iria perturbar e desequilibrar o calor e a luz do sol, dando origem a ventos violentos, que se desencadeariam com fúria em todos os lugares e destruiriam florestas, moradias humanas, os campos e as planícies. Os litorais seriam açoitados e destruídos, e a ordem estável das coisas tremeria.

JÖRMUNGANDR

1. Os baixios

A serpente lançada longe caiu através do firmamento, assumindo formas mutantes. Com a espinha travada, ela era uma lança de arremesso, ligeira e lisa, a cabeleira de tentáculos de carne serpeando em seu crânio pontudo, as presas cintilando. Mas também caía girando em círculos ou em espirais, como um chicote ondulante, como uma fita leve nos turbilhões do ar. Estava furiosa por ter sido arrancada do convívio de seus irmãos. Era um animal sensual: o movimento do ar lhe dava prazer: aspirava o perfume das florestas de pinheiros, dos urzais, do deserto quente, do sal do mar. Viu as dobras inquietas desse mar, crestadas de creme, de um azul de aço, e foi de encontro à pele do mar como um mergulhador, de cabeça, a cauda forte seguindo-a com suavidade. E lá foi descendo, através daquele novo elemento, descendo até a areia do fundo, causando redemoinhos de grãos de areia, deslizando fluente por entre afloramentos de rochas. Era um animal da terra, criada no Bosque de Ferro; havia brincado nas escuras sombras verdes, se enrodilhado no pó. Começou a aprender a água salgada, sentindo uma nova leveza nos músculos, flutuando preguiçosa até a superfície, como prata, como uma enguia, quando a luz tocava sua pele molhada. No princípio, ficou em águas rasas, respirando o ar da praia através das narinas vermelho-sangue, percorrendo piscinas naturais, deslizando nas correntezas, abocanhando caranguejos, lapas e ostras, abrindo peixes-navalha com suas presas afiadas, soltando a carne suculenta deles com a língua bifurcada. Deleitava-se em detectar disfarces. Percebia a fuga rápida dos bernardos-eremitas, que se encolhiam dentro de conchas abandonadas.

Na cabeça pontuda, seus olhos penetrantes, sem pálpebras, admiravam e distinguiam os linguados, polvilhados de pontos de areia iguais à própria areia, dois olhos pretos como seixos ansiosos em uma cabeça chata. Admirava a borda fina do folho da barbatana e da cauda, uma linha de sombra entre pele de areia e a areia em si. Ela soprava a areia e fisgava as criaturas com sua língua de anzol. Amava, e sugava, e engolia, e cuspia os restos. Estava sempre com fome, e sempre matava mais do que precisava, por curiosidade, por amor, por insaciável desassossego.

Ela cresceu, portanto. E cresceram-lhe guelras em meio à crina carnuda, até não precisar mais ir à superfície para respirar ou visitar a praia, a menos que isso a divertisse.

Não tinha nenhum disfarce próprio, mas naqueles primeiros dias era difícil vê-la, porque seus movimentos eram rápidos e ardilosos. Era envolta em escamas lisas, vítreas, e sob essas escamas a pele era negra, rubra, e verde-alga quando a luz a tocava, defletida pela couraça escamosa. Tinha prazer em deitar-se à espreita nos tapetes e almofadas de carvalhinhos-do-mar, acompanhando o movimento moroso deles conforme as plantas se moviam com a maré, indo, sugando, seus anéis amontoados ao acaso, tão natural quanto a alga molhada, a sua coroa de tentáculos como um tufo vegetal através do qual olhos vigilantes espiavam.

Brincava uma brincadeira apenas sua em baías solitárias. Nadava até a massa lisa de água, deitava-se ao longo da onda e descia com ela, músculos soltos, flutuando como os despojos que vão dar na praia. Quando a onda subia em uma crista, a cobra subia junto, olhos líquidos cintilando tal qual moedas de luz solar na superfície, arqueando o corpo para se precipitar com a água branca cheia de ar e luz até cobra e onda sibilarem juntas na areia e rolarem, indolentes. Depois de um desses mergulhos, olhou para o alto e viu uma figura encapuzada que se erguia acima dela, chapéu puxado sobre os olhos. Por um momento, pensou que fosse o Odin caolho que viera atormentá-la, e empinou a cabeça para trás a fim de atacar. Então ele se virou e olhou para ela por baixo da aba do chapéu e ela viu que era Loki, o dissimulador, Loki, o da inteligência ágil, Loki, seu pai, cuja forma era difícil lembrar, mesmo para ela, já que mudava sutilmente não só de um dia para outro mas de momento a momento. Ele tirou o chapéu e seus cachos brilhantes se soltaram. Ele deu um sorriso largo.

— Que bom encontrá-la, filha. Vejo que cresceu, prosperou.

Ela se enrolou em seus tornozelos nus. Perguntou por que ele estava ali. Ele respondeu que viera ver como ela estava indo. E estudar as ondas bravias. Procurar descobrir se havia uma forma na ausência de forma delas. Elas chegavam, uma depois da outra, em uma elevação regular. Mas a água nelas era irrefreável, os turbilhões fluíam em todas as direções. Haveria uma ordem na espuma? A serpente disse que a espuma corria como agulhas em sua pele, e que era uma delícia. O semideus agachou-se ao lado dela e fez uma fileira de pedras molhadas e conchas multicores translúcidas. Disse que tinha um projeto para mapear a costa. Não em grandes meias-luas regulares, como deuses e homens teriam desenhado aquela baía, fazendo dela uma enseada para abrigar navios-dragão. Mas pequena, pedra por pedra, riacho por riacho, promontório por promontório, todos pequenos como esses dedos, até mesmo tão pequenos quanto a unha de um dedo. Um mapa para pulgas-da-areia e amoditídeos, pois tudo anda junto, e o mundo pode ser destruído por atenção de mais ou muito pouco cuidado que se dedique a uma pulga-da-areia, por exemplo. "Portanto", disse Loki, o zombeteiro, para a serpente sua filha, "precisamos saber tudo, ou pelo menos tanto quanto pudermos. Os deuses têm runas secretas para ajudar na caça ou para lhes dar a vitória nas batalhas. Eles martelam, eles golpeiam. Eles não estudam. Eu estudo. Eu sei." E chutou sua breve barreira para dentro das plaquetas de água. Escutou com as pontas dos dedos, raspou a areia, puxou de lá uma minhoca peluda e preta que se mexia e ofereceu-a à filha, que a sugou, devorando-a.

2. As profundezas

Depois desse encontro, ela o viu com frequência, não só onde a terra seca tocava a água mas também nas profundezas. Em suas excursões famintas, ela esbarrava em anzóis humanos serpenteando até embaixo na ponta de linhas compridas ou roçava em gaiolas e redes fechadas, onde coisas vivas olhavam com olhar fixo, furiosas, resignadas, estupefatas. Ela se comprazia em tirar um bacalhau gordo de um anzol curvado ou em rasgar e abrir uma cesta cheia de corpos alvoroçados. Alguns bacalhaus ela devorava; outros, olhava sacudir-se e nadarem para longe. Deixou uma centena de arenques fugirem de uma rede e apanhou a centena seguinte, mordendo e devorando, deixando sangue e ossos mancharem a água do mar. Quando um anzol surgia incrivelmente complexo e multiforme, ela subia à superfície para cumprimentar o pescador em seu manto listrado de borrifos de água do mar. As redes dele eram amarradas com nós complicados, diferentes de quaisquer outros; ela nadava em círculos enormes ao redor do barco, à espera de seu chamado, e depois subia, escorrendo água e rindo como riem as cobras.

Eles brincavam de disfarçar e se reconhecer. "Venha me pegar", dizia ele, e desaparecia, deixando a sombra de seu manto dissolver-se contra o céu azul. Era difícil encontrá-lo quando se transformava numa cavala, uma única e insignificante cavala, longe do cardume. A pele de uma cavala é um truque de desaparecimento. Ao longo de sua lisura lustrosa, há linhas de ondulações do mar, imitando sol e sombra, luz de nuvem e de luar entrando pela densidão da água, imitando algas que se deixam arrastar e ondas que correm refulgindo conforme as escamas-espelho se mexem. Lá estava ele, aquele peixe visivelmente invisível, e quando ela investia ele era um feixe de luz do dia, ou da noite, apenas manchando a água; não era sólido. Ele a levou até os cardumes de cavalas, que tremeluziam, velozes, e transformou-se em um lanceiro, um peixe-espada, para se juntar à serpente na caça. O cardume correndo era como uma única criatura imensa, de barriga enorme, fervilhando, girando e rodando, verde, rosa, índigo, aço. A serpente e o metamorfo pastorearam os peixes turbulentos pelo puro prazer das formas mutantes do torvelinho. Então, mergulharam nele várias vezes seguidas, dividindo a entidade em segmentos rodopiantes, arrebatando os que se extraviavam, tragando-os, apressando o flanco da massa em rotação e engolindo todo ele. A cobra estava sempre com fome porque estava sempre crescendo. Havia sido igual ao músculo do braço de um homem, depois igual a uma coxa dura, e ainda assim continuava inchando, um comprido e grosso cabo náutico de puro músculo batendo na superfície quando subia e caía, machucando as algas ao passar, triturando as coisas que cresciam no fundo do mar.

Sua bocarra escancarada abria-se mais; seus dentes terríveis ficaram mais fortes e aguçados, fortalecidos pela ingestão de esqueletos e conchas de miríades de criaturas subaquáticas.

Ela vagava ao redor do mundo, de um polo gelado a outro, ou através de oceanos quentes sob sol ardente. Nadava por baixo de bancos de gelo, em túneis e visores de água-marinha, cravando as presas nas asas de um albatroz que mergulhava, cuspindo o pelo emaranhado de um filhote gordo de foca. Nadou em manguezais, entre o labirinto de raízes enterradas na lama, abocanhando caranguejos-violinista e peixes-ventosa, cuspindo conchas e carapaças na confusão condensada de lama, esqueletos de folhas, algas. Deitada no lodo, olhava para cima e via as formas dos humanos, derramando veneno na superfície para os peixes arquejarem, se enrijecerem e depois subirem boiando. Com movimentos preguiçosos, ela engolia ao mesmo tempo peixes gordos e veneno.

E seguia nadando, encontrando quilômetros de medusas flutuando, guarda-chuvas vítreos pulsantes, arrastando filamentos finos e venenosos, e ela os sugava todos, indiscriminadamente. O veneno não lhe fazia mal. Ficava guardado em bolsas atrás de suas presas; corria em seu sangue como se fosse mercúrio. Ela cuspia seu veneno nos olhos de toninhas e focas-monge, cegando-os, engolindo-as, cuspindo material não digerido que depois afundava lentamente e balançava na correnteza. Certa vez, mergulhou e perseguiu uma arraia, uma criatura imensa, plana, achatada, com uma cauda de chicote e olhos meio escondidos. Mas algo em seu movimento a deteve, a cabeça pronta para o ataque, e por um breve instante a arraia não conseguiu manter seu formato elegante. Dissolveu-se em sombras escuras como tinta, como véus, e reassumiu a figura de um pequeno tubarão de um tom cinzento de óleo, sorrindo, e ela viu que era seu pai.

Certa vez, por acaso, coleando através da floresta de algas, ela se deparou com Rándrasill e seus jardins submersos. É possível que a Árvore-Mar não ficasse sempre no mesmo lugar: a grande cobra atravessara os canteiros de algas muitas vezes e não vira as frondes douradas, o estipe de âmbar, a pega gigantesca. Dessa vez, ela estava do tamanho de uma anaconda nos pântanos, a mais gorda e mais comprida que pode existir. Não muito distante de Rándrasill, tempestades açoitavam a superfície. Não muito distante de Rándrasill, crateras submersas expeliam pedras-pomes carmesins e escarlates junto com densa fumaça negra. Mas ali tudo era assim mesmo, tudo era abundante. Esponjas, anêmonas, larvas, lagostins, caramujos de todas as cores, cor de rubi, de giz, de azeviche ou amarelo-manteiga, moluscos magnificamente listrados ou malhados, todos comendo a gelatina das frondes. Havia abalones ancorados em torno da base, aglomerações de conchas rosadas, vermelhas, verdes e do branco mais suculento. Ouriços-do-mar, eriçados de espinhos finos e vivos, pastavam as algas espessas, e centenas de olhos espiavam por entre as folhas protetoras da grande planta, que balançava às correntezas lentas. Filhotes de enguias moviam-se como agulhas através de almofadas de sargaço. Jörmungander, indolentemente deitada, olhou deliciada e escolheu o peixe-doutor, que arrastava pendões coloridos de carne indistinguíveis das algas, por causa de seu olho atento, igual a uma cabeça de alfinete entre os seus babados. Havia dragões-do-mar, à espreita nas moitas balouçantes; havia o peixe-alga gigante, o corpo em forma de lâmina como as próprias folhas espessas da vegetação marinha. Acima, na superfície, criaturas tinham feito ninhos da própria alga. Aves marinhas flutuavam em almofadas; lontras de pelagem macia estavam recostadas em redes de plantas marinhas, revirando abalones em suas mãos hábeis, sugando pedaços deles.

Jörmungander, nessa primeira vez, assistiu a isso tudo quase com melancolia. Ela não podia penetrar nesse emaranhado mágico: já estava gorda demais, pesada demais. Era como uma espectadora diante de uma vitrine da rua, olhando de um lugar escuro e úmido para um tesouro intensamente iluminado. E recuou. Inclinou sua cabeça colossal e se afastou. Quando visse a árvore outra vez, estaria completamente mudada.

* * *

Ela cresceu. Não era mais do tamanho de qualquer cobra da terra. Era comprida como um estuário, como uma estrada num terreno pantanoso. Precisava de mais comida. Sugava krill, como as grandes baleias, devorava cardumes de arenques em fuga. Desceu para as regiões escuras. No fundo do oceano, havia a imensa lula de cor cadavérica e os cachalotes, que ela dilacerava com suas mandíbulas pesadas. Ainda não estava pronta para se alimentar de baleias, embora tivesse comido a carne que restara de uma delas já morta, engolindo colônias inteiras de peixes-bruxas entocados junto com a gordura de sabor forte, as cabeças enfiadas na criatura morta. Estava preparada para devorar a longa e ondulante lula, arrancando tentáculos, enfiando suas presas nos olhos desbotados, bebendo e engolindo em meio a uma nuvem de tinta na água escura.

Agora estava comendo porque sentia fome. Era do comprimento e da largura de um grande rio. Contornou um banco de gelo e se viu perseguindo um vulto de animal que mal distinguia e que acabou descobrindo ser ela própria seguindo a si mesma. Sua cabeça, que fora lisa, estava crescendo escarpada e encalombada. Perseguiu um grupo de orcas que, por sua vez, perseguia um cardume de golfinhos, todos saltando em arco na água fria. Uma orca, um pouco afastada do grupo, era de um brilho e lustre extraordinários, preta e branca, como mármore molhado. Sua boca enorme parecia sorrir, estava sorrindo, e seu olhar era improvavelmente irônico. O demônio e a filha se cumprimentaram, ela com sacudidelas de sua coroa de serpentes, ele com assobios, estalidos e agitar da cauda.

Orca e cobra pescaram juntas. Apanhavam peixes grandes — bacalhaus gordos, lentos e preguiçosos, alguns do tamanho de um homem. Os dois eram pródigos alimentadores: arrancavam fígados e ovas e descartavam barbatanas e ossos. Talvez o que mais se divertissem em perseguir fosse o atum-azul, de sangue quente, pele lisa, ligeiro, olhos brilhantes, corpo em forma de escudo, roxo e perolado. Eles toparam com armadilhas humanas para esses peixes, cidades feitas de redes, com entradas complexas, corredores e câmaras internas que conduziam para uma única direção, o matadouro. Os dois rasgavam essas casas com presas, dentes e músculos, aproveitando a onda de peixes libertados, sorrindo para uns, engolindo outros. Lideravam os cardumes e devoravam os peixes dos flancos. Capturavam focas da maneira como as orcas as capturam, a sorridente fera branca e preta espiando na superfície, ereta na água, e então mergulhando e batendo o lobo da cauda, de modo que as focas-caranguejeiras e as focas-leopardos, que apanhavam sol em cima de rochedos planos, eram levadas em meio à agitação da água para o sorriso largo da serpente do mar.

Eles brincavam juntos e suas brincadeiras acabavam com engasgos e a água do mar vermelha.

Durante todo esse tempo, ela cresceu. Era tão comprida quanto um exército em marcha seguindo em terra. Era ampla como cavernas submersas, estendendo-se, prolongando-se pelas trevas adentro. Passava cada vez mais tempo nas profundezas mais escuras, onde não chegava a luz do sol, onde a comida era escassa e estranhamente iluminada de vermelhos e intensos azul-cobalto. Encontrava cordilheiras de montanhas na água, chaminés fumegantes e colunas de gás quente. Sorvia camarões brancos, pálidos, lá embaixo, e tirava as larvas franjadas de dentro de suas frestas. Nada a via chegar, pois ela era vasta demais para que os sentidos pudessem medir ou captar. Era do tamanho de uma cadeia de cristas de fogo num incêndio: sua cara era larga como uma floresta de algas e enfeitada com coisas que pendiam de suas frondes, pele, ossos, conchas, garras perdidas e fiapos de linhas de pesca arrebentadas. Era pesada, muito pesada. Arrastava-se por bancos de coral rosados, verdes e dourados, esmagando as criaturas, deixando em seu rastro uma superfície branqueada, gredosa, espectral.

A PESCARIA DE THOR

Certo dia, ela subiu das profundezas e viu uma cabeça tão horrenda quanto a sua, uma cabeça com chifres, olhos vidrados e um toco sangrento, uma cabeça com sobrancelhas grossas e narinas arregaladas. Ela se aprumou, oscilando como a orca quando põe a cabeça fora d'água, e abocanhou-a. No interior da goela do touro havia um gancho, um gancho pesado, um gancho para pendurar caldeirões balouçantes. Ela o engoliu antes de ter tempo de vê-lo. Aquilo deu-lhe um arranco, um puxão, a boia subiu e a cabeça da serpente veio atrás, irrompendo pela superfície do mar como uma fonte de borrifos malcheirosos.

Havia um barco, um barco de pesca, como muitos dos que ela havia destruído sem querer, por brincadeira. No barco havia um gigante do gelo, cinzento, prateado, azulado, com uma cabeleira glacial maciça e uma barba cinérea imensa brotando-lhe do rosto. Preso à linha, preso ao gancho, preso à cabeça do touro, havia um rosto tão feroz quanto o seu próprio, negro de fúria e esforço, os olhos com um brilho vermelho sob as sobrancelhas grossas, coroado de cabelos de fogo e rodeado por uma flamejante barba vermelha. Thor, o deus do trovão, puxava-a com vara, linha e anzol. E ela subiu, e subiu, mais e mais, elevando-se tanto quanto o mastro do barco. Apertou a boca ferida na isca e puxou. A vara arqueou-se e estremeceu. O deus segurou firme e o barco deu uma guinada na água. A cobra sacudiu sua juba carnuda e esguichou veneno, sibilando. O deus olhou com ar feroz, puxou e olhou com raiva outra vez. O gigante disse: "Estamos perdidos". O céu escureceu, nuvens negras amontoaram-se, a cobra contorceu-se e sibilou, o deus manteve-se firme, enquanto um relâmpago rompia a capa de nuvens. Nada antes a machucara tanto. Ela açoitava a superfície do mar e resfolegava. A linha fazia a vara se curvar, mas runas fortes a mantinham firme.

Então, o gigante, cujo nome era Hymir, saiu do outro lado do barco, que estava cheio de água agitada, pegou uma grande faca de caça, golpeou a linha e a cortou. A cobra deu um urro e afundou. Explodindo de ódio, o deus apanhou seu martelo de cabo curto e atirou-o na cabeça dela. O martelo acertou o alvo. O sangue espesso e escuro da serpente redemoinhou na água do mar. Então o martelo caiu e afundou na escuridão e a cobra foi atrás. Hymir, com a fisionomia severa, disse que Thor iria se arrepender daquele ataque, e o deus desferiu um soco na cabeça de pedra do gigante, jogando-o no mar. O deus saiu nadando e depois caminhou pela água rasa até a praia. A cobra se esfregou contra as rochas, tentando arrancar o anzol e a linha presa a ele. Ela tossiu e expeliu a boia, batendo com sua boca de catedral em rochas pontudas, e o anzol saiu, arrancando nacos negros de sua garganta.

A serpente ficou mais irritadiça após esse encontro. Matava de modo mais desenfreado, furava a madeira dos barcos, arrancava florestas marinhas inteiras pelo prazer de satisfazer sua raiva. Algum tempo depois, na floresta de algas, encontrou Rándrasill — não no mesmo lugar onde estivera antes — com sua luminosidade de ouro e âmbar, sua pega nas profundezas, seu grande estipe sustentado por almofadas de ar em bexigas sob as serpentinas. Ela contemplara tudo isso uma vez com prazer.

Dessa vez, partiu para o massacre, sem poupar peixe-espada nem cavalo-marinho, lontra macia ou gaivota chocando, estrela-do-mar-coroa-de-espinhos ou ouriço espinhento, nem aquelas medusas menores ou as enguias delgadas, caramujos ou litorinas presos às algas. Dilacerou com sua grande mandíbula as próprias folhas da alga, sacudindo sua cabeleira de um lado para outro, arrancando famílias inteiras envoltas no estipe em si. Braços decepados pendiam, molengos, agitando-se e ondulando com os movimentos da água. Tudo ficou turvo, cheio de redemoinhos de poeira espessa.

E seguiu viagem, movendo pesadamente seu corpanzil por recifes de coral e colônias de mexilhões, esmagando tudo, triturando tudo. Um dia, na penumbra, vislumbrou uma forma vacilante, canhestra, que se contorcia e que ela tomou como sendo uma grande baleia, talvez ferida, descansando no fundo do mar. Jörmungandr, ainda mal-humorada, avançou e mordeu. A dor foi lancinante, e viajou ao redor de toda a Terra, voltando para o cérebro macio no interior de seu crânio grande. Encontrara sua cauda. Estava enrolada em volta da Terra, como um cinto. Pensou em repousar no fundo do mar como um nó eterno. O lugar onde estava era de ermo basalto negro, profundeza densa e vazia. Levantou a cabeça e começou a se arrastar, depois a nadar dobrando longamente o corpo. Se tinha de descansar, que fosse em águas populosas. Iria se deitar em leitos de pérolas e corais, onde cardumes de peixes passassem para ser capturados, onde as sombras dos navios dançassem na superfície, onde houvesse alga viva onde apoiar a cabeça, onde houvesse comida, muita comida para seu vasto apetite.

BALDUR

A criança magra refletia sobre Baldur, o Belo. Um deus destinado a morrer — era o que se contava sobre ele no livro. A pintura que representava Jesus falando aos animais, toda de branca delicadeza e brilho dourado, era também a de um deus condenado a morrer. Esse deus iria voltar para julgar os vivos e os mortos. Pelo menos era o que lhe diziam. *Asgard e os deuses* tinha parágrafos explicativos em que seu erudito autor alemão discutia mitos solares e mitos vegetais. O sol entrava na escuridão no solstício de inverno. A vida das plantas se recolhia às suas raízes debaixo da terra, dura como ferro, cantava-se no hino, a água igual a pedra. As histórias celebravam a volta da primavera, o sol alto no céu, folhas brotando, relva nova, verde-viva.

Baldur se foi, mas não voltou. A criança magra separou em sua nova mente coisas que iam e voltavam e coisas que iam e não voltavam. Seu pai, com seus cabelos flamejantes, estava voando sob o sol quente da África, e ela sabia no fundo da alma que ele não voltaria mais. Sabia que seria assim em parte por causa das coisas palpavelmente não ditas, quando, no Natal, a família erguia pequenas taças de sidra e brindava a ele, na esperança de que estivesse de volta no Natal seguinte. Havia histórias que terminavam, em vez de seguirem em círculos, e a história do belo deus era uma dessas, e a menina a achava tristemente satisfatória. Ainda que as leituras e releituras dessa história em todas as épocas do ano lhe conferissem uma espécie de eterna recorrência. A história terminava, mas a menina a iniciava outra vez.

Esses deuses, ela compreendeu, eram deuses apreensivos, deuses cheios de medo desde o início. Asgard contava com muralhas defensivas e sentinelas vigilantes. Havia uma expectativa de desgraça. E havia a linda Idun, que morava em um pavilhão de folhagem entre os ramos fortes de Yggdrasil e dava aos deuses as maçãs douradas da juventude e da força. Certo dia, segundo a história, sem nenhuma razão, ela desapareceu da árvore. Os galhos de Yggdrasil pendiam sem vida, murchos, onde antes ela se equilibrava e sorria. Nenhum pássaro cantava. O poço Odrörir, cuja água da vida, fria e escura, era vigiada pelas Norns, ficou vazio e estagnado.

Odin enviou seu corvo, Hugin (que significa raciocínio ou intento), para descobrir onde estava Idun. O grande pássaro voou em círculos e desceu na escuridão, na terra dos elfos escuros, onde falou com os dois anões senhores — Dain, cujo nome significava morto, e Thrain, cujo nome significava rígido. Eles estavam dormindo profundamente e não puderam ser acordados, mas murmuraram coisas sobre destruição, trevas, perigos e desenlaces. O corvo voltou com palavras enigmáticas. Os céus estavam afundando em Ginnungagap. As coisas caíam aos pedaços. Correntezas de ar despencavam, oscilantes. Idun estava debaixo das raízes do Freixo emurchecido, no covil de um gigante antigo, Narfi, o pai da negra Noite. Os deuses a encontraram lá, trêmula e sem fala. Envolveram-na em uma pele de lobo branco que lhe cobria a fronte, de modo que não pudesse ver os ramos vivos de onde caíra, e ela ficou tranquila. Os deuses interrogaram Urd, a Norn, que estava junto à borda do caldeirão da sabedoria. O que havia mudado? Teriam o tempo e a morte lhes armado uma cilada? Teriam sido eles mesmos que haviam mudado? Idun, tremendo, embrulhada em seu manto claro, e Urd, a anciã, em seus frágeis panos negros, pareciam os anões adormecidos, embriagados de sono. Não conseguiam responder e choravam rios de lágrimas, que transbordavam nos olhos dela, respingavam em suas mãos. As lágrimas imensas que, uma após outra, cresciam e depois se derramavam eram como espelhos nos quais os inquisitivos deuses viam apenas seus próprios rostos ansiosos. Todas as coisas eram ao mesmo tempo morosas e lentas, depois se aceleravam e corriam para algum fim.

O brilhante Baldur também foi tomado pelo sono. Ficou indolente, como ficam os que hibernam, que não conseguem acordar e caem em sonolência e sonhos. Sonhou com o lobo com a boca cheia de sangue, libertando-se da corda mágica que o prendia, abocanhando a espada cravada entre suas grandes mandíbulas. Sonhou com a serpente de Midgard, enrolada em torno do mundo, desfazendo seus anéis e se erguendo acima das ondas, cuspindo veneno. Sonhou com Hel e seus salões escuros, seu rosto morto vivo, sua coroa descorada, o copo que ela preparava para ele quando ele viesse sentar-se a seu lado. A criança magra sabia que os sonhos, na sua maioria, são farrapos, são tênues, podem ser desmanchados por um sonhador resoluto, podem ser reduzidos a um cineminha de brinquedo, daqueles que se veem por uma lente de aumento ou um quebra-cabeça, no qual o sonhador é um espectador, não é ameaçado. Mas existem sonhos magnetizantes cheios de um terror verdadeiro, mais verdadeiro do que o mundo para o qual o sonhador acorda, densos, sufocantes, cheios de dor e de dores futuras, nos quais o sonhador é vítima de danos inelutáveis.

Ela sonhava sonhos assim naquele tempo de guerra. Às vezes eram sonhos tolos. Sonhava uma porção de vezes que "os alemães" estavam escondidos debaixo do estrado de metal de sua cama, serrando sem parar entre as pernas da cama para poderem agarrá-la e levá-la embora. Ela sabia que eles tinham estado lá, mesmo quando acordava e via que aquilo era absurdo. As paradas de ônibus e os cafés tinham cartazes onde se viam capacetes cinzentos debaixo de bancos e das mesas de chá, escutando, esperando para atacar. Se eles viessem, o mundo acabaria, mas ao acordar ela não os imaginava chegando.

Sonhava também que eles tinham levado seus pais e os deixado amarrados dentro de um buraco no meio de uma floresta escura, o Bosque de Ferro. Eles ficavam lá, os pais dela, amarrados e indefesos em meio a plantas em decomposição. Os sombrios alemães de capacetes cinzentos circulavam com ar determinado, fazendo coisas com metal e cordas que ela não era capaz de compreender. Ela própria estava escondida acima da borda redonda, olhando para os prisioneiros aterrorizados lá embaixo, sem nenhuma intenção de saber o que os alemães iriam fazer. O mais assustador, a criança magra entendia, era ter pais indefesos. Era uma rachadura na muralha de proteção em torno daquilo que acreditava ser sua infância convencional. Sonhava o que não sabia, que seus pais estavam com medo e inseguros. Era uma criança que pensava, e chegou a essa conclusão. Que a afligiu, ao contrário da maior parte dos conhecimentos, que significavam vigor e prazer.

Perguntava a si mesma quem seriam os alemães bons e sábios que tinham escrito *Asgard e os deuses* para reunir "nossas histórias e crenças alemãs". De quem seria a voz do narrador que prendia sua imaginação e dava explicações com tanta habilidade?

FRIGG

A deusa Frigg fez com que todas as coisas na terra, no ar e no oceano jurassem não fazer mal a Baldur. Em *Asgard e os deuses*, o editor alemão citou a *Edda*, obra islandesa de Snorri Sturluson. A criança magra leu que todos juraram solenemente a Frigg que Baldur não sofreria nenhum dano causado por fogo ou água, ferro ou qualquer tipo de metal, pedras, terra, árvores, doenças, animais, pássaros, cobras ou veneno. A criança magra tentou imaginar esses juramentos. Frigg foi retratada no livro primitivo com uma coroa na cabeça, alta, imponente, imperiosa, o cabelo claro muito comprido ondulando ao vento. Vestia uma blusa justa de cota de malha, uma saia decorosa e incongruentes sandálias de dedo ao estilo grego. Teria ido em sua carruagem ou a pé? A criança magra tinha uma imaginação literal, visual, ela era assim.

Viu a deusa na carruagem correndo pelo céu, apelando para as nuvens, que eram o cérebro de Ymir, para as varas bifurcadas dos relâmpagos, para o granizo, as tempestades de neve e as enchentes, suplicando-lhes que não ferissem seu filho, e a criança magra imaginava essas entidades parando um momento suas atividades, concordando em se conter com movimentos impetuosos ou inflamados. Mas a criança magra também via a deusa andando a pé. Quase sempre ela percorria caminhos íngremes em torno de montanhas altas e escarpadas, as paisagens do medonho caos inicial de pedras das quais o livro alemão dizia que os homens tinham feito os deuses e os gigantes de gelo, os Hrimthurses, pela primeira vez. A deusa, em meio a uma cintilação de luz dourada, falava sem temor com todas essas formas imoderadas e implorava-lhes que não fizessem mal a seu filho. E, mais uma vez, houve um momento de sossego e o silêncio do acordo. A deusa desceu apressada às raízes das montanhas, as escuras cavernas subterrâneas onde dragões e grandes larvas roíam as raízes do Freixo-Mundo, e falou aos animais, e não só aos animais como também às paredes brilhantes das cavernas, arenito silicoso e basalto, aos veios de ferro e de estanho, chumbo, ouro e prata que se emaranhavam nas pedras. Ela falou aos poços ferventes de lava vermelha e à pedra-pomes que fluía fumegante. Falou a safiras, diamantes, opalas, esmeraldas, rubis. A criança magra, num êxtase de imaginação, ouvia todas essas coisas inanimadas sussurrando, rangendo, farfalhando e fazendo os juramentos. Tudo era parte de um mundo só, e nada faria mal a Baldur, o Belo.

Às vezes a criança magra imaginava os animais em fileiras ordenadas, como se estivessem indo para a Arca, ou nos primeiros tempos da Criação. Panteras negras, onças-pintadas, hienas listradas, leões de andar macio, tigres, brilho ardente[1] em seus olhos de fogo, chacais de andar arrogante e, claro, os lobos, os lobos cinzentos, os perseguidores, os aliados do inimigo imaginado. Todos eles juraram, e com eles os Bandar-log[2] — os macacos-gritadores —, os ornitorrincos de bico de pato com seu dente letal, os ursos do gelo e da selva, com rostos simpáticos que desmentiam sua perfídia, todos juraram, junto com o predadores das sebes, doninha, arminho, texugo, furão, musaranho. As criaturas que juraram não tinham relação com os meigos coelhinhos e doces esquilos que escutavam o divino mestre na clareira da floresta. Eram implacáveis, dentes e garras tintos de vermelho,[3] caça e caçadores a um só tempo, mas fizeram uma pausa para jurar, e a deusa respirou com mais calma e seguiu seu caminho. Aves juraram, águias, gaviões, milhafres, gralhas e pegas, junto com morcegos pendurados nas cavernas iguais a pedaços de couro dobrado, com bocas pequenas que bebiam sangue.

A criança magra passou um tempo trêmula, imaginando as cobras. Vira certa vez a pele descartada de uma víbora, sua cabeça em forma de losango. Elas todas exibiram suas presas, sibilaram e juraram, víbora e surucucu,

1. *Tigers burning bright*, referência ao poema "The Tyger", de William Blake. Todas as notas numeradas são da tradutora.

2. *Bandar*, macaco; *log*, povo. A expressão em hindi é conhecida por ter sido usada por Rudyard Kipling em *The Jungle Book*.

3. Trecho do poema "In Memoriam A.H.H", de Lord Tennyson: "*Who trusted God was love indeed/ And love Creation's final law —/ Tho' Nature, red in tooth and claw/ With ravine, shriek'd against his creed*".

krait e naja, as cobras de morder e as cobras de cuspir, as cascavéis e as grandes cobras constritoras da selva, jiboia e sucuri. E havia as cobras marinhas, enrolando-se e faiscando no mar oleoso, e os predadores da água, crocodilos-persas e jacarés, e depois os peixes, tubarões de pele lisa e alegres orcas assassinas, lulas-gigantes e medusas urticantes, e os cardumes de atum e bacalhau. A fila se estendia até o dia do Juízo Final;[4] coisas que dificilmente poderiam ser vistas como prejudiciais, ostras e lacrainhas, anêmonas dos bosques e dos recifes de coral, até capim, todas as centenas de tipos de capim, todas elas juraram. E todas as plantas de aparência inofensiva ou sedutora que eram assassinas, a mortal beladona, a cravina roxa, o laburno de flores pontudas e amarelas balouçantes, o vistoso agárico, o cogumelo bola-de-neve e o mata-moscas.

Entre as árvores e os animais, Snorri anotava uma lista de doenças. Como se faz uma doença jurar que não vai fazer mal?

A criança magra sofria terrivelmente de asma. Por causa dessa doença, ficava de cama lendo enciclopédias e *Asgard e os deuses*. Imaginava a asma que a habitava como uma criatura estranha, é verdade. Era tudo branco e tênue, um exército de parasitas espalhava-se por seus pulmões desesperados, por seu cérebro atordoado, como raízes buscando um caminho em coisas feitas de pedra, era parente da jiboia e da figueira-de-bengala. Era preciso aprender a sentar, a se deitar, a manter sua caixa torácica em ordem para acomodar o aperto da outra. Imaginava Frigg falando insistentemente com a criatura — não faça mal a meu filho — e,

4. Referência a *Macbeth*, de William Shakespeare, ato 4, cena 1: "*What, will the line stretch out to the crack of doom?*".

no instante em que ia embora, fazendo-a jurar. Imaginou os rostos afogueados pelo sarampo e pela catapora, quentes e sôfregos, no entanto jurando também. O sarampo se incumbira de devastar a pele dela, grelhando-a. A catapora tinha estourado nela toda, fervilhando, dando em pústulas. Mas eles juraram a Frigg não prejudicar seu filho.

Tudo se manteve firme e estável com esses acordos. A superfície da Terra era como um grande pano bordado ou uma rica tapeçaria, o avesso feito de uma intricada teia de fios ligados entre si. A criança caminhava pelos campos até a escola na primavera e no verão. Havia canteiros de flores ao redor dos campos de trigo cheios de papoulas vermelhas, centáureas azuis, grandes margaridas-dos-campos brancas, botões-de-ouro, prímulas silvestres, ranúnculos-dos-prados, alface-de-cordeiro e bupleuros-redondos. Eufórbios de folhas largas, urtigas-espinhosas vermelhas, bolsas-de-pastor, pentes-de-vênus, salsa-brava. Na relva alta da campina, havia capuchinhas, orquídeas e sanguinárias.

Debaixo da terra, as minhocas estavam ocupadas, centopeias corriam, colêmbolos prosperavam, todos os tipos de besouros escavavam tocas e punham ovos. Larvas e lagartas contorciam-se; algumas eram comidas por filhotes de passarinhos e ratos-das-colheitas, outras se transmutavam milagrosamente em borboletas brancas e douradas, marrons e roxas, azul-escuras, azul-claras, verdes cor de menta, sarapintadas com listras, franjas e olhos em veludo preto. Cotovias saíam do milharal e subiam voando em círculos, cantando. Tarambolas faziam acrobacias no ar, chorando, *piuiti, piuiti*. A menina magra tinha livros de pássaros e de flores, e observava todos eles, pardal, curió, tordo, abibe, pintarroxo, carriça. Eles comiam e eram comidos, era verdade, eles desapareciam aos poucos e sumiam conforme a terra girava, mas voltavam no solstício, e sempre o fariam enquanto Baldur estivesse condenado a morrer, apesar de todas as juras. Se o pai dela não voltara, é porque nunca voltaria.

Não existe registro de Frigg ter pedido a humanos que não fizessem mal a seu filho. Talvez eles ficassem sempre impotentes quando se viam diante dos deuses. Talvez não fossem importantes o suficiente ou estivessem em alguma outra história. Não foram parte da trama tecida com brilho e esplendor, nem dos relevos e sombras da tapeçaria.

A criança magra sabia que os juramentos não poderiam ser mantidos. Alguma coisa em algum lugar devia ter sido esquecida, deixada de lado. As histórias são inelutáveis. A essa altura de toda história, algo sempre dá errado, sai de través, seja qual for o final. Ninguém, nem mesmo os deuses, é capaz de tomar precauções absolutamente seguras, *perfeitas*. Há sempre uma fenda, uma falha, uma escorregadela, a malha solta, o momento de cansaço e de distração. A deusa convocou *todas as coisas*, todas, e as fez jurar que não fariam mal a seu filho. No entanto, o formato da história indica que ele deve ser vítima de algum mal.

Os deuses comemoraram a coesão de terra, ar, fogo, água e de todas as criaturas que viviam nesses elementos. Comemoraram, como era de esperar, com lutas e gritos. Costumavam praticar uma espécie de luta de brincadeira, como garotos num pátio de recreio, na qual todos atacavam uma vítima desarmada, só que nesse caso a vítima na berlinda era Baldur, o Belo, Baldur, a vítima, ali parado tranquilamente, um tanto orgulhoso de sua invulnerabilidade. Eles atiravam coisas nele, todo tipo de coisas, tudo o que podiam. Paus, tábuas, pedras, lâminas de pedra dos machados, facas, punhais, espadas, lanças, no final até o martelo-trovão de Thor, e assistiam com prazer a essas coisas rodarem graciosamente no ar, tal qual bumerangues inofensivos, e voltarem para quem as havia atirado. Quanto mais voltavam, mais eles jogavam, em maior quantidade e mais rápido. Era um jogo gostoso. O melhor já inventado. Os deuses riam, sorriam, atiravam coisas, atiravam novamente.

Uma velha foi procurar Frigg, que estava em seu palácio, Fensalir. Frigg não se perguntou quem ela era ou de onde viera. Era apenas uma mulher idosa como qualquer outra, na verdade uma idosa arquetípica. Olhando-se bem para ela, era praticamente perfeita, a teia de rugas no rosto e pescoço, as múltiplas dobras do manto comprido por cima do vestido escuro, uma espécie de ícone de uma senhora idosa. Se ela olhasse para você — mesmo que você fosse a rainha dos Ases —, você não conseguiria enfrentar seu olhar frio e cinzento, mas saberia que precisava falar com ela, a necessidade de falar com ela palpitava, quase como se essa necessidade fosse o que a mantivesse inteira. Ela era Loki, o metamorfo, claro, emitindo ondas de mágico fascínio. Então Frigg perguntou — assim como ele a fez ter necessidade de perguntar — o que, afinal, todos faziam nos campos de Asgard, gritando e naquela algazarra.

A velha respondeu que estavam atirando armas em Baldur, e que nada o feria. Comentou em tom humilde que alguém de grande poder provavelmente persuadira todas as coisas a não ferirem Baldur.

Então Frigg contou, como era preciso contar, como a

história exigia, que fora ela, a mãe dele, que pedira a todas as coisas que não lhe fizessem mal, e ela fora atendida por todas as coisas.

— Todas? — perguntou a velha.

— Bem, eu reparei num broto novo de uma árvore a oeste de Valhalla. Uma coisa chamada visco. Só o notei depois de passar por ele, quase não tinha vida nenhuma, não tinha forças, era jovem demais para fazer um juramento.

No entanto, pensou a criança magra, ela deve ter se preocupado de alguma forma, senão como teria se lembrado dessa planta insignificante?

E de repente a velha simplesmente não estava mais lá. Talvez nunca tivesse estado. O enorme esforço de Frigg a cansou. Seus olhos estavam pesados. Escutou o vozerio exaltado dos deuses contentes.

Loki foi em busca do visco. O visco é um matador frágil. Agarra-se aos galhos e ramos das árvores e envia fios finos como nematomorfos cegos pelas colunas ascendentes de água que as folhas das árvores sugam e sopram no ar ao respirar. O visco não tem ramos nem folhas de verdade: é um emaranhado de hastes ceráceas com saliências estranhas em forma de chave e bagas esbranquiçadas e pegajosas, com sementes pretas visíveis através da carne translúcida, igual a ovas de sapo, a criança magra sempre achou, vendo os globos encalombados do visco concentrados nos galhos nus das árvores durante o inverno. Pequenos ramos dele eram presos nas luminárias e no alto dos vãos das portas no início do inverno, e as pessoas se beijavam debaixo dele porque era perene e aderente, representava constância e jovialidade constantes. Ao lado do azevinho, ao qual por vezes era entrelaçado, parecia fantasmagórico, quase ausente. O azevinho era brilhante, escarlate, espinhoso e forte. O visco era macio, flexível, de cor amarelada, como a das folhas mortas. A criança magra ouvira isso nas aulas de Estudos da Natureza. Tinha sido avisada para não comê-lo: era venenoso, disseram-lhe, embora também lhe dissessem que os pássaros o usavam como alimento e o espalhavam ao limpar sua cola dos bicos nas cascas dos galhos, deixando ali as sementes junto com a cola.

Podia se espalhar sobre uma árvore como um capote e sugar a umidade vital da madeira, de modo que o corpo morto restante se tornava apenas um suporte para a folhagem cinzenta e dourada.

Era místico para os druidas, diziam-lhe, mas a menina não conseguia descobrir o que eles faziam com o visco. Fora associado com sacrifícios rituais, inclusive sacrifício humano.

Loki arrancou-o com delicadeza de seu apoio em um freixo. O visco se contorceu um pouco em seus dedos hábeis. Ele o acariciou. E fez seu hospedeiro produzir maços de gravetos finos, doentios, chamados de vassoura-de-bruxa, e Loki acariciou, acariciou o maço volumoso da planta, e puxou, e puxou com força, e disse-lhe palavras duras, até não ter mais um maço nas mãos, e sim uma bela vareta cinzenta, ainda um pouco luminosa, como o fruto claro e redondo do visco, ainda de uma cor estranha como pele de cobra, ou pele de tubarão, em vez de casca, mas uma vareta, que ele girou em suas mãos engenhosas até sua forma se estabilizar em uma lança curta de arremesso e adquirir uma ponta fina, muito fina, como a de uma seta de sílex.

Loki, de volta à sua vívida forma, sem alarde misturou-se à turba ruidosa de deuses, desviando-se dos projéteis, os que iam e os que voltavam. Revirou a lança-visco na mão, dizendo-lhe para manter sua forma. Encontrou o que procurava, parado sozinho à margem da multidão, o capuz sobre o rosto escuro. Tratava-se de Hödur, o outro filho de Frigg, tão trigueiro quanto Baldur era dourado. Saíra por último do ventre da mãe, os olhos fechados, igual a um gatinho cego. Os olhos permaneceram fechados. Ele era a escuridão para a claridade de Baldur, a noite para a sua luz do sol. Os dois precisavam um do outro. Como nunca havia enxergado, sabia como se movimentar por Asgard tocando colunas, calculando os passos, inclinando para o lado sua cabeça escura para ouvir os espaços. Quando Baldur lhe perguntava como era não enxergar, ele respondia: como posso saber, se nunca enxerguei? Loki, naquele momento, viu que ele estava de cabeça baixa, ligeiramente virada para um lado, escutando o alvoroço do qual não fazia parte. Como seria dentro daquela cabeça? Cavernas de trevas, densa nuvem cinzenta ou luzes brilhantes no interior de um espaço fechado? Loki sempre queria saber tudo, e poderia ter perguntado, mas naquela hora ele tendia à maldade. Para seu próprio interesse, pois somente ele sabia como acabar com a cantoria.

— Por que não participa da diversão? — perguntou a Hödur. — É maravilhoso ver Baldur, calmo e sorridente, debaixo de uma chuva de pedras afiadas e setas pontiagudas que se desviam dele e não o acertam. Você devia participar.

— Eu não tenho arma — disse Hödur. — E, como bem sabe, não enxergo para poder mirar.

— Tenho aqui uma lança magnífica, digna de um príncipe — disse Loki, sorrindo. — E posso colocar minha mão em cima da sua, para orientar sua mira. Então, você terá desempenhado sua parte.

Assim, ele segurou o deus cego pela mão e levou-o para a frente da multidão. Pôs a lança na mão dele e fechou seus dedos ligeiros sobre os dedos escuros do outro.

— Baldur está ali — disse Loki, apontando com a própria lança. — Seu peito está nu, ele está sorrindo, está esperando seu golpe.

E levantou o braço do outro à altura do ombro, puxou-o para trás e soltou-o, dizendo:

— Pronto, agora. Atire agora.

Hödur deixou o capuz escorregar de sua cabeça escura, projetou-a para trás e atirou a lança.

A lança de visco atingiu o peito de Baldur e atravessou-o.

Baldur caiu. O sangue brotou e ele sufocou.

Hödur girou para os lados à procura de Loki no súbito silêncio que se fez. Um mosquito zumbiu junto de seu ouvido. O metamorfo se fora.

A angústia dos deuses foi estarrecedora. Eles sucumbiram ao sofrimento. Não conseguiam falar de tanto chorar. O mais abalado era Odin: deuses não caíam mortos, e, se o mais bonito e amável deles podia ser morto durante uma brincadeira, o pior ainda estava por vir. Os deuses ficaram um longo tempo estupefatos, incapazes de tocar o corpo ou movê-lo. O cabelo luminoso agitava-se à brisa suave. O moreno Hödur ficou sozinho, ouvindo o choro dos outros. A criança magra fechou os olhos, tentou imaginar o que teria se passado na cabeça dele, mas não conseguiu.

Frigg era mãe e também uma força poderosa. Dispusera-se a tornar o filho invulnerável, e o que lhe fora destinado era um insulto para ela. Terrível em sua dor e raiva, recusava-se a ser ridicularizada, a ser derrotada, a aceitar aquele fim. Se ele descera para o submundo, havia poderes lá com os quais se poderia negociar, aos quais implorar. Até mesmo a fria Hel seria sensível à intensidade do sofrimento de Frigg, maior, Frigg sabia, do que o de qualquer outra mãe por qualquer outro filho. Tal coisa não podia acontecer com ela, assim como não deveria ter acontecido com ele. A história transcorria de uma certa forma, mas ela poderia torcê-la, fazê-la voltar atrás, moldar o fim à sua vontade.

— Quem entre os Ases — perguntou ela com a voz rouca de tanto soluçar — vai descer até Hel e implorar à sua governante que mande o luminoso Baldur de volta para Asgard?

E Hermodur, o vigia, adiantou-se com passo leve e disse que iria. Então Odin determinou que ele deveria ir montando Sleipnir, o cavalo de oito patas, o mais rápido dos cavalos, o que liderava a Caçada Selvagem, o cavalo de Odin. Assim, Sleipnir foi trazido, Hermodur saltou com leveza para a sela, esporeou-o e os dois saíram pelo portão de Asgard, seguindo para Ginnungagap.

Os deuses não podiam punir Hödur por matar seu irmão, já que isso ocorrera no local da Assembleia, um espaço sagrado. Mas eles o baniram para além de Asgard, para as florestas escuras de Midgard, onde passou a viver à espreita, escondendo-se durante o dia e perambulando à noite, armado com uma grande espada que lhe fora dada pelos demônios selvagens do bosque. A criança magra perguntava a si mesma se Frigg lamentaria a perda desse outro filho ou se em algum momento pensaria em como ele estava se sentindo; a mãe saberia que ele fora enganado ao atirar a lança de visco? A história seguia inexoravelmente adiante, lançando luz sobre algumas coisas, deixando outras, como o caso de Hödur, imersas em densas sombras.

O funeral de Baldur era uma das partes mais brilhantes, mais esplêndidas da história. Ricamente vestido, seu corpo foi levado para a praia e colocado a bordo de seu enorme navio, Hringhorni, com a proa alta e curvada em forma de dragão e a estrutura longa e esguia feita de tábuas negras como breu. Na praia, o navio foi posto sobre cilindros e carregado com coisas preciosas, ouro do Valhalla, taças, jarras, escudos, armaduras, alabardas, tudo incrustado de pedras preciosas e envolto em sedas e peles. Trouxeram alimentos, a carne do javali dourado, vinho em recipientes fechados. Odin veio com o anel Draupnir, o gotejador, um anel mágico para ser usado no braço e do qual, a cada nove noites, pingavam oito novos anéis. Odin curvou-se sobre o rosto branco como cera de seu filho morto e sussurrou algo em seu ouvido. Ninguém sabe o que ele disse.

Quando a mulher de Baldur, Nanna, viu o corpo dele deitado no navio, soltou um suspiro grande e caiu. Correram para ampará-la, tentaram fazê-la recuperar os sentidos, mas descobriram que estava morta. Portanto, também ela foi vestida com suas melhores roupas e colocada ao lado do marido em sua pira, prontos para serem queimados.

O navio era muito pesado. O cavalo de Baldur fora levado para dentro dele; um cavalo grande, com todos os seus arreios reluzentes. Os deuses pretendiam acender as toras empilhadas, incendiar o navio e empurrá-lo para o mar fazendo-o rolar sobre os cilindros. Mas era muito pesado. Ninguém conseguia movê-lo.

Havia uma grande multidão de criaturas enlutadas esperando para ver as chamas começarem. Odin e Frigg, os corvos Hugin e Munin e todas as valquírias, que não podiam resgatar aquele deus morto. Havia gigantes do gelo e gigantes das montanhas, elfos claros, elfos escuros e os Dises, terríveis espíritos ululantes que cavalgavam o vento. Um dos gigantes do gelo disse que havia uma mulher tão forte em Jotunheim que arrancava montanhas do chão e as mudava de lugar. Odin assentiu e um gigante das tempestades voou para Jotunheim. O nome da mulher forte era Hyrokkin. Ela veio não nas asas da tempestade mas montada num lobo colossal. Sua rédeas eram serpentes vivas. Deuses e homens, por causa do lobo na mente e das cobras nas raízes da árvore, haviam caçado ambas as criaturas impiedosamente, destruindo suas tocas e buracos, acabando com elas. E, enquanto caçavam os lobos cinzentos nas florestas, matando os filhotes, golpeando suas fêmeas com as lanças, os parentes de Fenris no Bosque de Ferro tornavam-se maiores e mais selvagens. Enquanto esmagavam as cabeças das serpentes e pisoteavam seus ovos, os parentes de Jörmungander, assim como a própria serpente de Midgard, acumulavam venenos piores e cresciam em astúcia. O lobo de Hyrokkin era repugnante, de dentes arreganhados, e tinha os músculos de um bisão. As serpentes sibilaram, contorceram-se e mostraram as presas. A mulher desmontou; o lobo girou ligeiro o corpo e rosnou. Odin teve que convocar quatro guerreiros *berserkers* do Valhalla para contê-lo, e até eles sentiram medo das cobras de dentes agudos, que tiveram de ser imobilizadas no chão com galhos bifurcados. Em meio aos uivos e silvos, a grande mulher andava desenvolta com seus passos pesados. Usava uma pele de lobo, como Tyr, o caçador, a cabeça morta do animal balouçando sobre seu rosto gordo. Ela sorriu sem alegria, pôs uma das mãos na popa do navio negro, o empurrou e o navio começou a correr em direção ao negro mar, tão rápido que chamas subiram dos cilindros. A mulher riu, e seu riso enfureceu Thor, que, com toda a sua força, não tinha sido capaz de mover o navio. Thor levantou seu martelo para esmagar a cabeça da mulher, ela ergueu o punho pesado para se defender e os deuses reunidos imploraram que houvesse paz, que se fizesse silêncio durante a queima. Thor ergueu o martelo, Miölnir, e conclamou trovões e relâmpagos a incendiarem o navio e sua carga. Chamas azuis lamberam proa e popa, ricas vestes e deuses de cera, a crina do cavalo aterrorizado e a lenha amontoada em volta do leito de morte. A cor das chamas tornou-se escarlate e ouro, e elas subiram, rugindo. Lentamente, o navio, com sua terrível carga, moveu-se pela água. Sua esteira era vermelha como sangue, e o encontro do céu e do mar era uma linha negra, negro sobre negro, lugubremente iluminada pelo enorme fogaréu. Thor ficou ali, mudo, com o martelo no ar, e um anão de repente passou correndo diante de seus pés. Thor chutou-o e ele foi parar no meio das chamas. Seu nome era Lit. Isso é tudo o que se conhece dele, que seu nome era Lit, que correu para o lado errado e foi chutado para dentro de um incêndio que o assou vivo.

Havia um cheiro se espalhando, um cheiro de carne queimada, de carne de deuses, de carne de cavalo, de carne de anão, de ervas perfumadas e madeiras aromáticas, de vinho em ebulição, de ouro derretido e de vapor de água do mar. Não foi o fim das coisas. Mas era um fim, e o início de outro fim.

Hyrokkin foi embora, apesar da vontade de Thor de

acabar com ela. Elfos e anões, guerreiros e valquírias, todos choraram lágrimas amargas. Frigg não chorou. Estava decidida a desfazer aquela morte e a resgatar seu filho morto.

HEL

Por nove dias e nove noites, Hermodur percorreu o reino da morte montado no cavalo de oito patas, ao longo de vales e caminhos cinzentos onde não havia luz, apenas cinza sobre cinza, fosse coisa sólida ou fossem sombras, e nenhum som a não ser o pisar constante dos cascos do cavalo. Chegou ao rio, Giöll, que circunda a casa de Hel e é atravessado por uma ponte dourada. Essa ponte era guardada por uma porteira gigante, Mödgud. Ela fez Hermodur parar e perguntou-lhe por que viera. O cavalo dele, sozinho, disse ela, fazia mais barulho do que todos os mortos que já haviam atravessado aquela ponte. E a cor dele estava errada. Sanguínea demais.

Hermodur disse que procurava seu irmão morto, Baldur. Mödgud contou que Baldur havia atravessado a ponte não muito tempo antes. E, seja porque a assustasse ou porque a giganta sentiu pena dele, Mödgud deixou-o cruzar a ponte e seguir pela escuridão até Hel.

As casas eram cercadas por uma grade de ferro imensamente alta. Hermodur cavalgou ao longo dela e não chegou a portão nenhum, embora encontrasse uma caverna com um porteiro, um cão descomunal, ou talvez um lobo deformado, de cujas mandíbulas pingava sangue e cujas presas rangiam, que rosnava incessantemente, pronto para atacar. Seu nome era Garm. Hermodur encarou a criatura que rosnava. Ele não estava ali para lutar. Fez a volta com o cavalo de Odin e falou com ele em voz baixa, recuando. Então preparou Sleipnir para saltar, e o cavalo passou por cima da grade de ferro, aterrissando com firmeza do outro lado, no interior da cidade de Hel. Um som de alguma coisa sendo triturada e em ebulição vinha do caldeirão Hvergelmir, onde o dragão Nidhøggr se banqueteava com homens maus. Hermodur seguiu seu caminho. Os mortos olhavam-no em silêncio à margem da estrada, o sangue vermelho correndo pelas faces, a respiração dos vivos movendo-lhes peito e garganta. Eram todos cinzentos, os mortos. Traziam duas expressões no rosto — de raiva impotente e de ligeira apatia. Não havia luz em seus olhos opacos. Eles olhavam fixo.

Hermodur entrou no salão de Hel. Desmontou e seguiu a pé puxando Sleipnir, pois não estava disposto a perdê-lo. Era um salão suntuoso, as paredes decoradas com tapeçarias douradas e prateadas, e, apesar de todo esse brilho, o ambiente era baço, enevoado, cinzento. O grande salão não conservava uma forma exata. Hermodur tinha a sensação ora de um túnel estreito fechando-se sobre ele, ora de uma vasta caverna estendendo-se à distância.

Hel estava lá, sentada em seu trono, com sua negra carne morta e sua lívida carne branca, sombria e severa. Usava uma coroa de ouro e diamantes que faiscavam à luz e depois desapareciam, como labaredas extintas. Baldur estava junto dela, sentado em um rico trono, a esposa a seu lado, e diante dele um prato repleto de frutas vítreas, intocadas. Seu rosto vivaz empalidecera. Seu copo dourado de hidromel estava intacto.

Hermodur curvou-se para a rainha de Hel e disse que viera solicitar o retorno de Baldur a Asgard. Deuses e homens, e todas as criaturas, estavam entregues à tristeza e precisavam do jovem deus para lhes devolver a vivacidade, a capacidade de ter esperança. Acima de tudo, disse Hermodur, a deusa Frigg pedira-lhe que suplicasse a Hel o regresso de Baldur, pois não podia viver sem ele. A isso Hel respondeu que mães de todos os tempos tinham aprendido a viver sem seus filhos. Todos os dias homens jovens morriam e passavam em silêncio por sua ponte de ouro. Só em Asgard eles podiam morrer em batalhas todos os dias, como num jogo, e depois reviverem para o banquete à noite. No duro mundo real, assim como no mundo das sombras, a morte não era um jogo.

Essa morte, contudo, argumentara Hermodur, diminuíra a luz do mundo.

Que assim fosse, respondera Hel. Estava diminuída, então.

Baldur permanecia sentado, indiferente, sem dizer nada. Nanna estava encostada em seu ombro, mas ele não a abraçava.

— Diga a Frigg — falou Hel, filha de Loki, que fora expulso de Asgard —, diga a Frigg que Baldur só poderá voltar se todos os seres, todas as criaturas, nos céus, na terra, no mar e debaixo da terra, chorarem sinceramente por ele. Será que ela poderá salvá-lo por meio do sofrimento, já que não pôde protegê-lo por meio do amor? Se houver um só olho seco em qualquer lugar, Baldur ficará aqui. Como pode ver, ele é reverenciado entre os mortos e é o convidado mais importante à minha mesa.

Hermodur sabia que precisava levar de volta aquela mensagem. Conhecia também o desenrolar dessa história.

No entanto, pensou, a vontade ardente de Frigg, a ferocidade de seu amor e o poder de sua voz poderiam alterar o desenrolar da história e libertar Baldur, permitindo que ele voltasse por aquela ponte, por onde homem nenhum voltava. Então, curvou a cabeça e Baldur abriu a boca pálida e estendeu-lhe o anel mágico, Draupnir, que Odin colocara sobre seu cadáver.

— Hermodur deve devolvê-lo para Odin — disse suavemente. — Hel está cheia de ouro e prata. Não temos necessidade disso.

Então os Ases enviaram mensageiros, deuses jovens e pássaros sábios, cavaleiros e corredores, com uma única mensagem a toda a Midgard, criaturas vivas ou sem vida, de sangue quente ou sangue frio, seiva ou pedra, que deveriam chorar por Baldur para resgatá-lo do poder de Hel. O moreno Hödur chorou em seu covil na floresta. Bois e carneiros, impassíveis, berraram, bufaram e choraram. Macacos ululantes e ursos errantes enxugaram lágrimas dos olhos; víboras e cascavéis sibilaram e se imobilizaram enquanto as lágrimas brotavam. Estalactites e estalagmites pingaram; gêiseres misturaram lágrimas quentes ao vapor fervente; as superfícies dos rochedos e dos afloramentos de pedra suaram lágrimas de água, como fazem quando passam do degelo para o tempo quente. Houve vapor nas florestas e nas campinas, produzido pelas folhas gotejantes; a superfície de maçãs, uvas, romãs, bagas-de-neve e amoras-orvalhos ficou escorregadia de tanto chorar. O próprio céu se encheu de nuvens espessas feitas de lágrimas, e chorou. Sob a superfície salgada, na floresta de algas, as criaturas reunidas em Rándrasill choraram sal em sal — estrela-do-mar-coroa-de-espinhos e lula roxa, lontras e lesmas marinhas, caracóis e caramujos do mar faziam gotas de água salgada correrem na água salgada. Os olhos sem pálpebras dos peixes e os olhos afundados em gordura das baleias vazaram água dentro da água, e o nível do mar subiu. Assim como todas as lagoas serenas e fontes borbotantes, e até cochos de água para cavalos, onde oxiúros vermelhos choravam a claridade que se fora. A água subiu pelos canais de Yggdrasil e pingou das folhas encharcadas na casca úmida e no chão molhado. Os deuses choraram em seu palácio de ouro, até a própria Frigg afinal, que se mantivera dura como pedra e sem lágrimas em sua grande dor. As lágrimas desciam-lhe como um véu sobre o rosto, um lençol de água como os que bordejam o capim inundado perto dos rios que transbordaram das margens. A terra, o mar e o céu formaram uma coisa só e choraram como uma coisa só.

A não ser por... Não o visco dessa vez. Nada nem ninguém que tivesse sido esquecido por negligência dos mensageiros dos deuses. Algo ou alguém encontrado em um buraco escuro, seco, nas rochas de um deserto negro. O mensageiro diligente entrou bravamente pela superfície chorosa da rocha, penetrando em túneis sem luz — ainda molhados — e chegando por fim a um buraco negro, abafado, não úmido, onde alguma coisa grande se encolhia e balançava de um lado para outro. Quem era o mensageiro? Alguém próximo de Frigg, talvez Gna, sua criada, uma amazona que corria o mundo cavalgando sob suas ordens. A coisa no buraco negro emitiu um som como o de folhas secas, como o de isca para fazer fogo, suas roupas farfalharam e turbilhonaram. Era seca como um osso seco num lugar seco, e seu rosto era um rosto ossudo e seco, negro como seus trajes, com órbitas cavernosas e uma boca sem lábios cheia de dentes negros. Essa, Gna pensou, devia ser alguma giganta da montanha. Aproximou-se — sem ruído — e disse que viera pedir à habitante da caverna que chorasse com o resto do mundo, junto com o mundo inteiro, para que Baldur pudesse voltar para a terra dos vivos e trazer sua luz com ele. E disse:

— Quem é você, mãe?

— Thöck — respondeu a voz seca dentro dos ossos escuros.

A voz rangeu:

Thöck tem de chorar com olhos secos
O fim de Baldur.
Nem em vida nem na morte precisei dele.
Deixe Hel ficar com o que tem.

Gna viu-se lá fora na trilha das montanhas. Tudo pingava. Voltou desanimada e disse a Frigg que alguma coisa chamada Thöck não choraria.

— Thöck — disse Frigg — significa escuridão, o escuro. Não acredito que sua giganta seca fosse uma giganta e muito menos que a velha com o visco fosse uma velha.

A primavera fora embora do mundo. Havia um arco-íris, mas ele era aguado e incompleto, manchas de cor ao acaso, aqui e ali na nuvem espessa, que parecia nunca se levantar. As marés, aumentadas pelas lágrimas, eram irregulares e imprevisíveis. Coisas da terra pendiam por causa do excesso da umidade que não secava por completo. Yggdrasil tinha manchas de bolor e decomposição. Rándrasill ficou esfolada em alguns pontos, por causa das línguas ásperas que lambiam lágrimas. Uma espécie de preguiça instalara-se no coração das coisas.

Os deuses concluíram que Thöck era Loki disfarçado. Culparam Loki pelo que fizera — o uso do visco — e por muitas coisas nas quais ele não se envolvera, como os sonhos ruins de Baldur, o tempo instável, úmido demais ou escaldante demais, os dias escuros, o vento excessivo. Ele era um inimigo e eles decidiram que ele era *o* inimigo. E que se vingariam. Eles eram bons em matéria de vingança.

A CASA DE LOKI

Loki possuía uma casa em um lugar alto, um ninho de águia em um penhasco, de onde se avistava uma cachoeira turbulenta, Franang, que se lançava em um poço fundo, que por sua vez transbordava em um regato caudaloso. A casa era simples: tinha um cômodo com quatro grandes portas que se abriam para todas as direções. Às vezes, na forma de um falcão, ele se empoleirava na viga da cumeeira e esquadrinhava todas as direções com olhos de ave de rapina, procurando a caça que sabia que haveria. A casa era escassamente mobiliada, com uma grande lareira no centro sob uma chaminé e mesas, onde o trapaceiro espalhava coisas que estava estudando. Odin adquirira conhecimento através de perigos e dores, e à custa de um olho. O conhecimento de Odin era o das forças que ligam as coisas entre si, e das runas que leem e controlam essas forças. Pactos foram gravados em sua lança reta, feita com madeira arrancada do Freixo vivo. A lança de Odin mantinha a paz e também preservava o governo dos deuses a quem, como já vimos, muitas vezes os homens se referiam com palavras associadas a elos e grilhões. Odin controlava a magia, uma forma de conhecimento que regia coisas e criaturas, incluindo as sociedades dos deuses e dos homens. À distância, Odin decretava a morte daqueles que lhe desagradavam. Ele interrogava as Norns, os mortos e as forças que residiam debaixo da terra para atender aos interesses dos Ases e dos Einherjar. Sua vingança era terrível, os sacrifícios feitos a ele eram terríveis. Culpados e inimigos tinham os pulmões arrancados sangrando de suas caixas torácicas, o que os transformava em medonhas "águias de sangue", contorcendo-se e pingando. Nenhuma criatura podia fitar seu único olho. Todas baixavam o olhar.

Loki se interessava pelas coisas porque Odin tinha interesse nelas e na maneira como estavam no mundo e como funcionavam no mundo. Loki não era bondoso nem benevolente, pelo menos no mundo dos mitos. No mundo dos contos folclóricos, ele era um demônio do fogo, no mais das vezes benigno, que fornecia calor para lareiras e fornos. No mundo de Asgard, era risonho e estouvado, um incêndio florestal devorando o que estivesse em seu caminho.

Em sua forma de falcão, caçava pequenas criaturas, as levava para casa, espalhava seus cérebros e pulmões na mesa, a fim de estudar as formas escondidas na complexa massa informe de seus alvéolos pulmonares esponjosos, nas ramificações de suas veias, nas ranhuras de suas raízes. Cérebros também o divertiam. Gostava das protuberâncias geminadas e convolutas, brancas por dentro, cinzentas por fora, e das fissuras entre os lobos. Um homem sacrificado era uma cruz, uma árvore simplificada. Um pulmão, um cérebro eram a complexidade que perdera o juízo, uma confusão diabólica, na qual entretanto era possível discernir um tipo diferente de ordem.

Ele recolhia outras coisas que à primeira vista também pareciam amorfas. Uma pena de asa tinha regularidade, com as plumas presas saindo de maneira ordenada do eixo da pena. Mas a penugem — frouxel de ganso ou de cisne, com mechas emaranhadas ou flutuantes — era intrigante, havia ritmos e repetições ocultos nos fios enfunados.

Mais do que tudo, ele estudava o fogo e a água. O fogo era o seu elemento, mas ele também se transformava num grande salmão e abria caminho com agilidade pela queda-d'água, pelos redemoinhos do poço fundo, por cima de sua borda para dentro do rio caudaloso, que se separava em torno de uma grande pedra e depois se juntava outra vez, sinuoso e borbulhante.

Podia-se ler o futuro em colunas de fumaça ou nos saltos das pontas das labaredas, vermelhas, amarelas, azul-esverdeadas, que nunca paravam mas mantinham sua forma. Por que a fumaça subia rápida e lisa numa coluna reta e de repente se dividia em espirais fantásticas, cada vez mais alvoroçadas? Por que a água fluía lisa para a pedra, de tal modo que era possível ver nela as linhas finas de bolhas lisas ou deixá-las deslizar por cima de suas escamas reluzentes, rosadas e cor de prata? Então, de repente, a água em torno da pedra se dividia para todos os lados, espumando e rodopiando em curvas e arabescos, aqui e ali se juntando e girando, súbitos redemoinhos. A água enlouquecia, assim como a fumaça, e em muitos aspectos se parecia com ela.

Loki queria aprender com eles — não exatamente para dominar o fogo ou a água, mas para mapeá-los. Contudo, além da curiosidade, havia prazer. Ele gostava do caos.

Gostava que as coisas ficassem cada vez mais agitadas, mais selvagens, mais inapreensíveis, sentia-se à vontade com a turbulência. Provocava turbulência para dar prazer a si mesmo e tentava compreendê-la para produzir mais turbulência. Ele estava presente nas colunas de fumaça dos campos de batalha. E na fúria dos rios que rompem suas margens ou nas muralhas de água das marés altas que se lançam sobre as defesas contra inundações, afundando navios e derrubando casas.

Ele era estouvado e astucioso ao mesmo tempo. Nadava em seus cursos d'água procurando esconderijos para quando os deuses viessem, fundos de cascalho contra os quais grandes peixes parados, reluzentes, cheios de escamas, não se destacariam, canais profundos por onde poderia escapulir para o mar, poços encachoeirados onde as ondulações da água e os turbilhões impediam a visão.

Procurava pensar como os deuses para se antecipar a eles. Se fosse um deus e soubesse que o inimigo tinha a forma de um peixe e era rápido, de que modo o emboscaria? Com tiras compridas de fios torcidos de linho, começou a fabricar uma rede que atravessasse a saída para o poço e onde o grande peixe se enredasse. Interessou-se pelo assunto, inventou vários novos tipos de nós e uma espécie de cordão ajustável para puxar o peixe quando ele se debatesse. *Isto* o apanharia, pensou, e percebeu que o fogo de sua casa estava subitamente produzindo uma intensa fumaça — um fluxo forte e constante de fumaça subia sem parar e depois se desfazia num turbilhão. Era um sinal de que seus perseguidores o haviam encontrado e estavam a caminho, andando nas nuvens. Deixou cair às pressas a rede de pesca no fogo — que crepitou em faíscas azuis e foi incendiada. Em seguida, Loki se transformou num pássaro e voou para a cachoeira, onde virou um salmão e nadou para o fundo.

A turbamulta de deuses, com seus cavalos voadores, suas carruagens puxadas por cabras e até por gatos, montou no vento norte e invadiu a casa pelas quatro portas. Olharam em torno: o trapaceiro não estava lá. Um deles observou que ele havia estado ali recentemente, pois a lareira e as cinzas ainda estavam quentes. Um deus muito inteligente, Kvasir, conhecido por fazer poesia, adiantou-se e examinou as cinzas quentes. Eram feitas de troncos de madeira e tufos de samambaia-do-mato-virgem, que ainda mantinham os fantasmas cinzentos de suas formas, mas que as perderiam assim que fossem tocadas. Acima dessas plantas queimadas, havia um desenho feito de cinzas, um desenho regular, um padrão de quadrados e losangos, fios e nós. Kvasir analisou os nós, disse aos outros para não tocar em nada e encontrou os fios de linho guardados por Loki. Aquilo dentro da lareira era o fantasma de uma engenhosa armadilha para peixes, Kvasir explicou aos deuses. Uma nova poderia ser feita, depois de examinadas as formas de amarração. Assim, ele se agachou e com dedos ágeis fez uma nova rede.

Os deuses seguiram furtivamente para a cachoeira levando a rede. O peixe escutou seus passos, desceu para o fundo e ficou parado, só movimentando as guelras. Os deuses postaram-se em volta do poço fundo e lançaram a rede. Nada enxergavam, pois a superfície borbulhava com a turbulência. O peixe agitou as nadadeiras para deslocar o cascalho do fundo e enterrar-se até a metade, e a tarrafa caiu sobre ele. Loki pensou como iria se safar e cogitou correr para a borda do poço e a correnteza do rio. Mas eles o veriam, tinham visão aguçada. Talvez, pensou, pudesse fazer como o salmão e surpreendê-los com um salto intempestivo, *subindo* a queda-d'água, e nadar para longe, rio acima. Tinha certeza de que era mais inteligente do que todos aqueles deuses juntos, para dizer o mínimo, pensou o trapaceiro com sua mente orgulhosa, agitando o cascalho. Kvasir, porém, teve a ideia de pôr lastro na rede e arrastá-la pelo fundo do poço, com Thor segurando de um lado e o restante dos Aesir do outro. Assim o fizeram, movendo-se devagar e com determinação, e sentiram a rede tocar e se retesar ao se prender a um corpo sólido. Então puxaram as engenhosas cordas e o trouxeram para cima lutando, o peixe lustroso e ágil com olhos cheios de fúria. Ele se manteve hesitante até o levarem para a borda, em seguida deu um salto grande e vigoroso, e teria escapado se Thor não estendesse sua grande mão e o agarrasse pela cauda. O peixe se debateu. O deus do trovão não o largou, vingando-se de incontáveis troças e provocações. Embrulharam-no na cópia de sua rede queimada e carregaram-no de volta para Asgard.

A palavra deus também tem a ver com elos, e Loki, assim como Fenris, seu filho, estava preso. Levaram-no para uma caverna, separaram três pedras planas e abriram um buraco em cada uma. Fizeram vir a família dele para presenciar sua derrota — não a família irregular do Bosque de Ferro, mas Sigyn, sua esposa fiel, e seus dois filhos, Wali e Narwi. Declararam que o metamorfo deveria ver formas serem mudadas e transformaram o rapaz, Wali, em um lobo que rosnava, enfurecido, e que imediatamente se lançou sobre seu irmão e o dilacerou, membro por membro. Então os deuses sorridentes mataram o lobo — Odin enfiou-lhe no ventre sua grande lança, Gungnir. Rindo, eles tomaram as entranhas ensanguentadas e os tendões de lobo e homem e os usaram para atar Loki entre as três pedras — a primeira sob seus ombros, a segunda sob seus quadris, a terceira sob seus joelhos.

Loki agitou-se na trama gotejante, pensando que talvez ainda pudesse se tranformar numa mosca, ou numa pequena lacraia, e escapulir. Mas os deuses cantaram runas para os elos de carne, que se transformaram em elos de ferro e o apertaram.

A deusa da tempestade, Skadi, alegre e zombeteira, trouxe uma serpente grande que cuspia veneno e a enjaulou no teto da caverna por cima do rosto de Loki, de modo que a saliva venenosa pingava nele sem parar.

Lá ele deveria ficar, disseram os deuses, satisfeitos, até Ragnarök.

Sua esposa surgiu trazendo um prato grande, no qual recolheu o veneno. Dizia-se que sempre que precisava levar esse prato dali para esvaziá-lo o prisioneiro se contorcia em seus grilhões, e era o que os seres humanos sentiam e chamavam de terremotos.

Os deuses riam do casal.

Mas eles sabiam que Ragnarök estava chegando, pensava a criança magra. O lobo Fenris estava preso, Jörmungander fora transformada em um elo, cingindo a terra sob o mar. Hel estava dentro de sua paliçada. Lobos e serpentes infestavam a mente, mas eram mantidos dentro de limites. Da mesma forma como a cobra dava a volta no mar, os lobos do céu davam a volta no céu, sempre correndo atrás do Dia e da Noite, do Sol e da Lua, sem jamais alcançá-los, sem jamais desistir.

Em *Asgard e os deuses*, Ragnarök vinha direto depois da prisão de Loki, como se não existissem acontecimentos significativos a serem registrados no intervalo. O livro explica que "Ragnarök significa o obscurecimento dos Regin, *i.e.*, dos deuses, daí a expressão "crepúsculo dos deuses"; alguns, porém, explicam que a palavra Rök quer dizer Julgamento, *i.e.*, dos deuses". A palavra crepúsculo é bastante agradável, embora etimologicamente errada, ao que parece — é Ragnarök, julgamento ou destino (*ragna* é o genitivo plural de Regin). Assim, Ragnarøkkr de fato significaria crepúsculo dos deuses, mas essa é, dizem-nos, uma leitura errada.

A criança magra ficava perplexa com o fato de haver morte, obscurecimento, julgamento ou crepúsculo dos deuses no seu livro de histórias. Parte do prazer e mistério desse livro era tudo ser contado várias vezes, em ordens diferentes e em diferentes tons de voz. O livro começava com uma espécie de listagem dos deuses, com seus feitos e destinos. Ragnarök tem lugar nessa lista, aparecendo logo na página 16, e poeticamente resumido. Mas é recontado de uma forma mais naturalista no final do livro, com emoções e opiniões, e é recontado em uma tradução em versos do Völuspa, ou Wöluspa, a Balada (ou Lais) de Wala, no final do livro, em tom encantatório e arrepiante. É narrado no tempo presente, uma visão profética do futuro, visto como se fosse o Agora. A criança magra tornava-se uma espectadora da morte do mundo cada vez que lia essas narrativas diferentes do conto. Até os pesadelos de Baldur eram uma antevisão das catástrofes de Ragnarök. Parecia diferente dos relatos cristãos do fim das coisas, com o deus morto vivo voltando para julgar os vivos e os mortos. Aqui, os próprios deuses eram julgados e considerados falíveis. Quem julgava? O que causou Ragnarök? Afirma-se que Loki, esperando ser encontrado, esperando ser preso, sabia que seu tormento era o início do tempo de Ragnarök. Ele seria torturado até a vinda de Ragnarök. A criança magra pensava com seus botões que ninguém duvidava um momento sequer da vinda de Ragnarök, nem os deuses, nem os lobos, nem as serpentes, nem o trapaceiro metamorfo. Ficavam paralisados, contemplando-o, como coelhos com doninhas, sem pensar em procurar evitá-lo. O Deus cristão condenou homens pecadores e levantou-se do meio dos "bons" mortos. Os deuses de Asgard foram punidos porque eles e seu mundo eram maus. Não inteligentes o bastante e maus. A criança magra, pensando na crueldade infantil nas escolas e nos ataques aéreos, gostava de passar os olhos pela ideia de que os deuses eram maus, de que as coisas iam mal. De que a história sempre existira, e os seus personagens sempre a tinham conhecido.

Loki acorrentado

A criança magra no tempo

Quando se é criança, talvez seja impossível imaginar o fim das coisas. A criança magra, apesar da guerra que assolava o mundo, receava mais o tédio eterno, a falta de algo interessante para fazer, o passar dos dias sem ir a lugar nenhum, do que a morte e o fim das coisas. Quando pensava na morte, pensava no garotinho que morava do outro lado da rua e que morrera de diabetes. Ninguém na escola, quando se falava disso, sabia como reagir. Alguns davam risadinhas constrangidas. Remexiam-se nas cadeiras. Ela não imaginava de fato o menino morto; apenas entendia que ele não estava mais lá e nunca mais estaria, nada além disso. Sabia que seu pai não voltaria, mas via isso como um fato em sua própria vida, não na dele. Ele não estaria ali presente outra vez. Tinha pesadelos sobre enforcamentos, impressionada com a possibilidade de um ser humano condenar outro ser humano a viver um período de tempo sabendo que seu fim estava inevitavelmente chegando.

Surtur com sua espada flamejante

Ragnarök

Tudo começou devagar. Houve fortes rajadas de neve sobre os campos onde aveia e cevada estavam prontas para ser colhidas. Houve gelo nos tanques de orvalho à noite, quando a lua cheia, enorme e vermelha, ainda estava no céu. Havia gelo nos jarros de água e o aumento de um vento cortante e leve que não abrandava, de modo que todos se acostumaram a manter a cabeça encapuzada e abaixada. Houve uma safra maravilhosa de uvas crestadas pela geada, para fazer o vinho Mosel, o *eiswein*, que foi colocado em barris. Os legumes de inverno, congelados, murcharam nos caules antes de crescerem. As folhas nos bosques e nas florestas caíram mais cedo e giravam em redemoinhos de vento gelado. A luz do dia, a princípio, era clara e fria: as coisas cintilavam, o gelo se formou nas trilhas das carroças, pingentes de gelo cresciam nas soleiras das portas, nos peitoris das janelas e nos arbustos, e não diminuíam, não derretiam, cada vez maiores. Então, com o inverno estabelecido, o céu escureceu. Encheu-se de nuvens espessas de um cinza cor de chumbo, cheias de neve, e o próprio ar estava repleto de neve, granizo e estilhaços de gelo rodopiando. A superfície da terra endureceu, encolhendo e adensando-se, congelando fundo demais para ser perturbada pelas pás. Legumes de raiz não podiam ser colhidos, não podiam ser desenterrados. O gelo engrossou nos lagos e espalhou-se, moroso, pelo curso dos rios. Os peixes desceram cada vez mais fundo na água, nadando primeiro sob os bancos de gelo, depois se instalando no lodo frio e mole, mal respirando. Os homens saíam com machados e cortavam gelo, enchendo baldes para derretê-los dentro de casa e beber a água. No início, isso os animou. Era uma prova de força. Uma prova de masculinidade. O gado era mantido em locais fechados e as ovelhas eram trazidas para dentro, as que não haviam morrido nas nevascas que aumentavam cada vez mais, nunca diminuíam. Galinhas entravam nas casas e porcos descansavam junto das lareiras. Os homens saíam usando sapatos para neve, esquis, trenós, abatiam árvores para fazer lenha, e nas matas caçavam criaturas cada vez mais furtivas e astuciosas, coelhos e lebres, cervos pequenos e perdizes, aves de pequeno porte com os pés congelados nos galhos dos arbustos.

Precisavam sobreviver até a primavera. Até que os dias fossem enfim mais compridos e o sol derretesse a neve e o gelo, o vento abrandasse e a pele das pessoas pudesse ficar exposta ao ar sem ser crestada pelo frio.

Veio o dia mais curto, e os humanos dançaram, batendo os pés na neve, e fizeram fogueiras para saudar a virada do ano.

Mas o ano não virou, exatamente. O céu tornou-se cinza-pálido, e só, e a terra, o ar e a água permaneceram gelados.

Eles começaram a usar coisas que não podiam ser substituídas. Cortaram a garganta do porco, que foi dividido em pedaços, congelado, assado. Torceram o pescoço das galinhas que não punham ovos, depois as depenaram e cozinharam, e elas não foram substituídas porque a maioria dos pintinhos morreu. Alimentar as ovelhas — e os cavalos e os burros — ficou difícil, muito difícil, por causa das colheitas destruídas e dos campos congelados. A coragem transformou-se em resistência, e a sopa era necessária demais para ser gasta alimentando moribundos.

Lá fora, no permanente crepúsculo, os lobos uivavam e andavam pela neve macia. Estavam famintos e irritados. Segundo eles, era assim que seria quando viesse o Fimbulwinter. O sol gordo era de um vermelho fosco, taciturno, como o das brasas. Fornecia pouca luz, e a que existia era de um ocre avermelhado, ou cor de sangue. Os homens ansiavam até o fundo dos ossos e das mentes pela luz clara, pelo vento quente, por flores e frutos em botão, por folhas verdes. O inverno prolongou-se por mais um ano, e por outro ainda. Os mares congelaram: icebergs se chocavam nos litorais e flutuavam nas baías. Os homens começaram a entender que aquilo não se parecia com Fimbulwinter, era a coisa em si.

Tornaram-se assaltantes. Invadiam as moradias uns dos outros, uivando e rugindo, massacrando os fracos e esvaziando os escassos estoques de alimento. Bebiam todo o mulso que encontravam, tomavam vinho como se não houvesse amanhã, o que começavam a acreditar que fosse verdade. Criaturas famintas e homens famintos comem qualquer coisa. Os vencedores das batalhas banqueteavam-se entre os corpos dos mortos, que iam sendo dilacerados pelos animais que se aproximavam furtivamente, junto ao chão. Agarravam-se uns aos outros e caíam perto do fogo, fornicando com quem estivesse por perto, com qualquer coisa que estivesse por perto. Mordiam, beijavam, mastigavam, engoliam, lutavam, se debatiam e esperavam que o mundo acabasse, o que não acontecia, ainda não. No fim, devoraram-se uns aos outros, é claro.

Os céus se adensaram, e se adensaram mais. Coisas — Dises, fêmeas aladas com pele de couro — gemiam no vento e empoleiravam-se no alto dos rochedos, gritando, o olhar fixo. Nidhøggr, a grande larva que roía as raízes de Yggdrasil, saiu de lá e chupou o sangue dos mortos que jaziam no lodo congelado. De Kettlewood, onde Loki estava acorrentado entre os gêiseres — que ainda jorravam água quente —, veio o uivo alto dos lobos, dos lobos nos bosques, dos lobos que andavam na neve, lobos com sangue nas presas, lobos na mente.

Tempo dos Ventos, Tempo dos Lobos, antes que o Mundo acabe.

Aquele era o tempo em que estavam.

Em Asgard, o ouro perdeu o brilho, mas o javali mágico ainda era comido à noite e renascia para o banquete seguinte. Yggdrasil estremecia inteira, as folhas caíam, os galhos murchavam, mas a árvore ainda estava de pé. Odin desceu ao poço junto das raízes e falou com a cabeça de Mimir debaixo da água negra agitada. Ninguém descobriu o que ele ficou sabendo, mas o fato é que voltou contido e frio. Eles esperaram. Não agiram, não pensaram, talvez não conseguissem pensar. Idun permanecia deitada, enrolada em sua pele de lobo. As maçãs da juventude estavam murchas e enrugadas.

Sob o gelo, a terra fervia. Ao sul, em Muspelheim, ardiam os fogos antigos, e informes criaturas do fogo vagueavam, flamejavam, chamejavam, como sempre. Mas agora irrompiam através da terra dura pedras quentes, uma chuva de cinzas chamuscantes e leques de línguas vítreas de lava, vermelho douradas, cuspindo fagulhas, depois vermelho escuras e sombrias. Domos vermelhos iam crescendo, crescendo, borbulhando e espumando, exalando gases mortais, caindo sobre as florestas, transformando-as em lenha. O local do tormento de Loki era chamado de Kettlewood[5] porque as pedras que o torturavam estavam em uma caverna entre gêiseres em ebulição. Esses gêiseres passaram a jorrar com fúria cada vez maior, espirrando brasas, e a própria terra então tremeu, como um animal padecendo de uma grande dor, e os grilhões do metamorfo se partiram. Ele se pôs a rir em meio ao vapor, à fumaça e ao turbilhão de pedras que voavam, depois partiu para o sul, andando através do caos. Passou ligeiro pelo bosque sagrado onde o lobo Fenris estava preso, e o solo se abriu sob seus passos, e as árvores se contorciam e tombavam, e a fita mágica, Gleipnir, feita do som da pisada de um gato, de barbas de mulheres, da respiração dos peixes e da saliva de pássaros, murchou e caiu em pedaços. Fenris bocejou e removeu a espada de sua garganta ensanguentada. Sacudiu o corpo e

5. *Kettle*: chaleira, caldeira, caldeirão em inglês.

seus pelos sibilaram como labaredas. Pai e filho seguiram, céleres, rumo ao sul, para a terra das chamas. Fendas rubras se abriam debaixo dos pés deles no vidro grosso do gelo. Eles riam. Davam grandes gargalhadas.

O guardião de Muspelheim estava sentado junto à sua fronteira. Seu nome era Surtr, o Negro. Segurava uma espada quente, que brilhava tanto que não se podia olhar para ela, e havia fumaça negra girando em torno dele. Levantou-se — alto, e mais alto —, brandiu a espada e chamou, e as hostes de Muspelheim, com armas candentes e fundas de fogo, puseram-se em marcha.

Odin os viu, de seu trono altaneiro, Hlidskialf. Avançavam rugindo em direção a um campo chamado Vigrid, cem léguas para todas as direções. Foi esse o momento. O início do fim. A existência daqueles deuses fora esperar, esperar pelo último movimento de resistência. Heimdall, o Arauto, levantou-se e soprou a grande trompa, Giallarhorn. Ela fora criada com este último grande brado em mente. Os deuses se levantaram e se armaram, espadas, escudos, lanças, armaduras, ouro reluzente, e os Einherjar fizeram o mesmo. Odin desceu novamente e falou com a cabeça de Mimir na água negra, agora ainda mais escura com a fuligem que caía e que estava em toda parte. A grande árvore se abalou e tremeu. A terra ondulava, solta, sobre suas raízes. Seus galhos se agitavam: as folhas eram arrancadas pelo vendaval e levadas com o fluxo de ar quente: a fonte de Urd começou a ferver.

Os deuses seguiram para a ponte Bifröst, a ponte de arco-íris que ligava Asgard a Midgard. Todos já haviam sofrido danos quando partiram. Tyr perdera o braço com a dentada do lobo; Odin deixara um olho com Mimir; Freyer se desfizera de sua espada mágica; todo o cabelo mágico da mulher de Thor, Sif, caíra de sua cabeça calva. O próprio Thor, segundo alguns poetas, perdera o martelo ao atirá-lo na serpente de Midgard. Baldur perdera a vida. Nas histórias, há duas maneiras de ganhar batalhas — sendo extremamente forte ou tendo uma esperança vã. Os Ases não eram nem uma coisa nem outra. Eram corajosos e estavam debilitados.

Yggdrasil vergou-se. Suas folhas pendiam e batiam de um lado para outro. As raízes estavam encolhendo. As colunas de água por dentro da casca corriam incertas e fracas. O esquilo tremia de medo e a cabeça do veado curvou-se. Pássaros-pretos saíam em revoada dos galhos para um céu vermelho.

O mar ficou negro como basalto, coberto de espuma de um verde gélido, nata coalhada, altas muralhas trêmulas cheias de agulhas de ar subindo, subindo, para depois se quebrarem em outras muralhas de água nas costas do mundo, que se desmoronavam.

O navio foi lançado no leste. Era um navio belo e terrível, feito de material flutuante, translúcido e fosco, a sobrevida córnea de unhas de homens mortos, recolhidas quando cresciam depois de cessado o sangramento. Era um navio-fantasma, cor de osso, mortalmente cinzento, como se toda a mixórdia que boiava na água, tudo que não fosse apodrecer nem se desintegrar, houvesse coagulado e se agarrado a esse navio. Seu nome era Naglfar. O timoneiro era o gigante Hrym. Quando pequena, a criança magra o imaginava como uma escuna com cordame fantasmagórico e galhardetes ao vento. Depois acabou vendo que se tratava de um navio de guerra com um dragão como figura de proa, um navio de pescoço longo e corpo alongado como uma pele morta de cobra, feita de camadas de escamas formadas por unhas de pés que brilhavam vagamente. A tripulação compunha-se de gigantes do gelo e gigantes do fogo, todos juntos, e avançava em meio a uma nuvem de vapor fervente.

À medida que a crosta da Terra fervilhava e cuspia, a pele do mar começou a dançar loucamente, com gêiseres soprando nas ondas, estas cheias de morte boiando, cardumes de peixes reluzentes com os corpos machucados, carcaças de baleias e narvais, orcas, lulas-gigantes e serpentes-do-mar, todos escaldados e despedaçados pelo calor, pelo frio, pela força bruta.

Então, por trás da popa do Naglfar, uma montanha se ergueu na superfície do mar, imensa, escorrendo, com fendas e regos móveis, derramando-se de mistura com algas esfarrapadas e grãos de corais espatifados. E, no meio da montanha, a cabeça horrível de Jörmungander, a Midgardsomr, a tira de carne de serpente que mantinha em forma o mundo sólido. Subiu e saiu, desenrolando-se, empurrando tudo, a juba carnuda se alteando, a cauda imensa se elevando da pedra e da areia, agitando o mar inteiro. Naglfar flutuava, leve, sobre o sorvedouro do movimento dela, e Hrym, o gigante do gelo, balançou seu machado para saudar o monstro. O corpo dela vinha emaranhado com algas arrancadas, com cabos e correntes de homens mortos, esses mortos ainda pendurados neles, bocas abertas. A grande serpente começou a colear na água, dirigindo-se resoluta para o campo de batalha, Vigrid. Como seu pai e irmão, ela ria alto, e o veneno que pingava de suas presas acendia labaredas nas cristas das ondas. Vagalhões de água do mar inundaram as costas, as praias, os rochedos, as muralhas dos portos, e os deltas, os estuários, os pântanos. O mundo estava irreconhecível.

Quando o elo que rodeava a Terra se soltou, outros elos se romperam. O cão do inferno, Garm, arrebentou sua corrente e, com um salto, foi se juntar a seus parentes lobos. O Sol e a Lua, cada um em seu carro, fustigavam seus cavalos em sua eterna ronda pelo céu. Mas os lobos, perseguidores incansáveis, acompanhados por Garm, com olhos e goelas vermelhos, sabiam que havia chegado a sua hora e correram mais rápido, fincando os dentes nas ancas do cavalo de prata e nas do cavalo escuro. Os cavalos gritaram e guinaram, e a luz do mundo enlouqueceu, negra, branca resplandecente, escura como o inferno, de um vermelho lúgubre. Os lobos dilaceraram o pescoço dos cavalos e se viraram para os condutores dos carros, Sol-mulher, Noite-mãe, Lua-rapaz e o menino na carruagem brilhante do dia. Em algum ponto no meio do ar, quando as carruagens estavam em queda, os lobos estraçalharam Sol e Lua, Dia e Noite, beberam seu sangue e os devoraram.

As estrelas, pensavam alguns, eram uma luz exterior que brilhava através de buracos no crânio morto de Ymir. Naquele momento, porém, quando os lobos se puseram a correr, rindo, através do céu rumo a Vigrid, a luz começou a pingar das estrelas, elas caíram como velas gastas ou fogos de artifício apagados, chovendo sobre a Terra que ardia e fervilhava. Fenris viu seus irmãos do céu e uivou para cumprimentá-los. Ele havia crescido. Seu focinho roçava no crânio de Ymir e a mandíbula estendia-se ao longo da terra chamuscada.

Os deuses e os guerreiros do Valhalla avançaram como alucinados pelo campo de batalha. Rugiam em desafio — era o que sabiam fazer — e os lobos, as serpentes, os gigantes do fogo e os gigantes do gelo uivavam e sibilavam de volta, enquanto Loki sorria na luz buliçosa das chamas vermelhas, que eram a única luz existente.

Odin avançou contra o lobo Fenris brandindo sua lança de madeira do freixo, Gungnir. O pelo do lobo se arrepiou. Seus olhos vis cintilaram. Ele bocejou. O deus atirou a lança dentro das mandíbulas escancaradas. O lobo sacudiu o corpo, partiu a lança, deu três passos para a frente, agarrou o grande deus, sacudiu-o, quebrou-o, devorou-o. Uma onda de lamentos correu pelos Einherjar. Eles cambalearam, recuaram, depois avançaram novamente, agora em silêncio. Não havia mais nada a fazer.

Os filhos de Loki dominavam o campo de batalha, o riso dos lobos juntando-se à alegria sibilante da serpente. Thor, cheio de dor, atirou-se contra a serpente agitando os punhos e o martelo trovejante e partiu-lhe o crânio. Ela se contorceu, caiu e cuspiu veneno. Thor virou-se para dizer aos deuses que nem tudo estava perdido, a cobra fora abatida. Viveu durante nove passos no jorro de veneno que ela derramou sobre ele, depois caiu morto.

Houve outros duelos. Tyr, o sem-braço, ainda usando sua pele de lobo, lutou com o cão do inferno, Garm, até ambos caírem exaustos e prostrados, e nunca mais se levantarem. Freyer foi liquidado pela espada reluzente de Surtr. Um jovem filho de Odin, cujo nome era Widar, rastejou em meio aos cadáveres e apunhalou o lobo Fenris através de sua pelagem ensanguentada. O lobo tossiu e caiu, esmagando e sufocando o vingador sob seu peso.

Loki assistiu à matança e à morte de seus filhos monstruosos. Então, quando o campo de batalha começou a se tornar um grande charco de viscosa lama sangrenta, ele se bateu com Heimdall, o Arauto, o clarividente, ambos com a imprudência e a ânsia dos condenados. Mataram um ao outro, seus corpos caíram atravessados um sobre o outro e se imobilizaram.

A Terra era de Surtr. Suas chamas lamberam os galhos feridos de Yggdrasil e fizeram as raízes profundas se enrugar. As casas dos deuses despencaram no lago de fogo. A pesarosa Frigg, em seu trono de ouro, sentou-se e esperou enquanto as chamas queimavam as soleiras das portas e consumiam os alicerces da casa. Imóvel, ela queimou, encolheu, negra, e se tranformou em cinzas em meio às cinzas que caíam.

No fundo das florestas de algas, o fogo de Surtr cozinhou os alicerces do mar. A pega de Rándrasill despregou-se e suas lindas folhas perderam a cor, perderam a vida, jogadas na água em ebulição no meio das criaturas mortas que ela antes abrigara e mantivera.

Depois de muito tempo, o fogo também se extinguiu. Só restou uma superfície plana de líquido negro, que reluzia sob os pequenos e fracos pontos de luz que ainda vinham através dos buracos das estrelas. Umas poucas peças douradas de jogo de xadrez flutuavam e balançavam nas ondulações escuras.

Ragnarök, a última batalha

A criança magra em tempo de paz

A criança magra guardou essa imagem do fim das coisas como se fosse uma placa fina e oval de basalto negro ou ardósia que ela polia constantemente em seu cérebro, junto com o fantasma cinzento do lobo na mente, junto com os anéis coruscantes e o focinho rombudo da cobra na mente. Ela lia para aquilo que precisava, portanto decidiu não imaginar, não lembrar, o regresso dos deuses e dos homens para a renovada planície verde de Ida, narrado em *Asgard e os deuses*. O cuidadoso editor alemão desse livro observou que essa ressurreição se devia, provavelmente, a uma contaminação do árido final original por elementos cristãos. Era o que bastava para a criança magra, que acreditou nele imediatamente. Ela tinha necessidade do fim original, com a água escura cobrindo tudo.

A coisa negra na cabeça dela e a água escura na página do livro eram a mesma coisa, uma forma de conhecimento. É assim que os mitos funcionam. Eles são coisas, criaturas, histórias, presentes na mente. Não podem ser explicados e não explicam nada; não são crenças nem alegorias. O negrume estava agora na cabeça da criança e era parte da maneira como ela via toda coisa nova que encontrava.

Ela guardou Ragnarök para o tempo em que ficasse claro que seu pai não voltaria. Contudo, uma noite, depois da meia-noite, quando o blecaute ainda estava nas janelas, ele voltou, inesperado, sem avisar. A criança magra foi acordada e lá estava ele, parado à porta, o cabelo ruivo-dourado brilhando, asas douradas no dólmã, os braços estendidos para segurá-la quando ela correu para ele. Muralhas defensivas contra desgraças desmoronaram na cabeça da criança, mas o conhecimento de Ragnarök, o disco negro, se manteve no lugar.

Eles voltaram para casa, a criança magra e a família. A casa era grande e cinzenta, com um jardim íngreme na cidade de aço, que tinha sua própria atmosfera, o que se percebia como uma parede de nuvem sulfurosa opaca, quando eles chegaram do campo para onde tinham sido evacuados. Os pulmões da criança magra se contraíram, desesperados, quando o ar abafado se fechou sobre ela.

Algo lembrava uma alegoria de Bunyan nos lugares para os quais eles voltaram. A antiga casa ficava na Meadow Bank Avenue, um espaço oval parecido com uma panela comprida, do qual um caminho íngreme e estreito descia para um lugar chamado Nether Edge. A criança magra era bem mais velha quando compreendeu a beleza das palavras Nether Edge (Canto Mais Baixo), em vez de apenas dizê-las rapidamente, pensando no lugar onde o açougueiro tinha sua loja, com seus cutelos, facas e membros ensanguentados de criaturas, onde os ônibus enormes corriam, barulhentos, onde a papelaria vendia sorvete, jornais e balas duras.

No meio da Meadow Bank Avenue havia um grande gramado oval, o Green, cercado por um muro baixo e largo de pedra cinzenta em que se podia sentar. Em uma extremidade, havia um grupo de árvores altas, faias e carvalhos. Devia ter sido antigamente uma pracinha de vilarejo, onde se ouviam os filhos de Blake brincarem. As crianças modernas ainda brincavam ali, mas o lugar ficara emparedado com a expansão do subúrbio.

O pai da criança magra, em seu tempo livre, que diminuía à medida que ele se tornava cada vez mais bem-sucedido, dedicou-se a construir um jardim. Atrás da casa, havia um pequeno gramado plano e uma lavanderia e, no final desse gramado exíguo, um arco de madeira de que a criança se lembrava desde os tempos da sua primeira infância, um arco arquetípico, coberto com rosas arquetípicas, vermelhas, brancas, rosa-bebê. Sob o arco, o jardim descia enladeirado para Nether Edge. As rosas tinham crescido descontroladamente durante a guerra. Espalhavam-se em moitas espinhosas como as de contos de fadas. O pai da criança magra, cantando enquanto trabalhava, as controlava e direcionava, as prendia nas varas rústicas do arco, lambia os dedos espetados pelos espinhos e ria. Encomendou pedras do interior, pedras cinzentas como as que estavam encaixadas com habilidade nos muros que cercavam as ovelhas das charnecas. Começou a pôr em ordem o jardim inclinado fazendo nele terraços escalonados com muretas de pedra seca, onde instalou canteiros com lírios, papoulas Shirley, roseiras, lavanda, alecrim e tomilho. De uma pia de pedra antiga, fez um tanque em que nadavam girinos e um esgana-gata que a criança magra apanhara com uma rede em um piquenique, um impetuoso nadador vermelho ao qual ela deu o nome de Umslopogaas. Era um jardim bonito com suas novidades, apesar da fuligem no ar. A criança magra amava o pai, amava o jardim e chiava ao respirar.

Quanto à mãe da criança magra, que havia sido corajosa e cheia de expediente em tempo de guerra, seria natural que encontrasse um final feliz no regresso para a casa confortável da qual fora exilada. Na verdade, ela sofreu o que muito depois a criança magra aprendeu a chamar de uma queda no cotidiano. Nunca fora uma dessas mães com jeito para brincar com os filhos, e a criança magra não conseguia se lembrar de ouvi-la ler em voz alta, apesar da quantidade inesgotável de livros e histórias que dava à filha. Durante a guerra, quando dava aulas, ela tivera amigos. Havia Marian, que usava um chapéu verde com uma vistosa pena de faisão e brincava de Robin Hood, correndo pela floresta, atirando com arco e flechas. A mãe da criança magra apenas assistia, numa agonia de constrangimento e insegurança sobre aquele comportamento. A criança magra observava a mãe e registrava tudo. Mas a mãe de fato vivenciava o campo e suas histórias. Os meninos a quem ensinava inegavelmente gostavam dela. Davam-lhe criaturas vivas de presente — um ouriço-cacheiro que largou pulgas pelo tapete, um tanque cheio de grandes tritões-de-crista, que tentaram fugir na época de reprodução e morreram, murchos, debaixo do fogão a gás. O ouriço foi solto no campo ao fundo do jardim, e disseram a seu doador que ele fugira. O menino trouxe outro no dia seguinte, igualmente cheio de pulgas, que também foi solto. Houve grandes grumos pegajosos de ovas de sapo, depois tanques cheios de girinos escuros que comiam uns aos outros. A mãe da criança magra fazia caminhadas naquela época e carinhosamente dava nomes a todas as flores. A criança magra tinha uma coleção completa de livros de Fadas das Flores, com versos bem escritos e imagens elegantes. Rosas-de-cão, copo-de-leite, beladona, violetas, anêmonas e prímulas.

A tão esperada volta drenou a vida da mãe, a criança magra concluiu muitos anos depois. O cotidiano a derrotou. Ela se tornou solitária, e dormia à tarde dizendo que estava sofrendo de nevralgias e enxaquecas. A criança magra passou a associar a expressão "dona de casa" à palavra "prisioneira". O medo da prisão assombrava a criança magra, ainda que ela não chegasse a reconhecer isso muito bem.

Os espaços ao ar livre do seu tempo de guerra, o trigal, a campina, o freixo, o espinheiro, a sebe, a lagoa barrenta, o matagal, tornaram-se uma coisa em sua mente, como a ardósia ou o basalto negros. Estavam comprimidos num tufo redondo de onde saíam raízes e brotos, com coisas que rastejavam, subiam, voavam e nadavam, junto com um pedaço de céu de um azul intenso, outro de relva verde, outro de cereal amarelo e outro da terra escura que havia debaixo da sebe espessa. Era um mundo pequeno, para dentro do qual ela havia sido exilada, ou evacuada. Era o paraíso terrestre que existira um dia.

Ela ainda lia na cama à noite, voltando ainda muitas vezes a *Asgard e os deuses*, a *O peregrino*, deitada de bruços junto à porta do quarto para aproveitar a incidência da luz do patamar da escada nas páginas, voltando sorrateira como uma cobra quando ouvia algum movimento lá embaixo. O blecaute terminara. O luar entrava pela janela do quarto e formas desvairadas agitavam-se e gesticulavam no teto, chicotes, vassouras, serpentes empinadas, lobos correndo. Quando muito pequena, tinha medo dessas formas. Depois passou a assisti-las encantada, e criava histórias e criaturas com elas. Eram produzidas pelo vento nos galhos de um freixo silvestre que se plantara sozinho, como essas árvores o fazem com grande tenacidade, na viga de sustentação do telheiro do jardim.

O pai da criança magra disse que aquela árvore tinha de ser derrubada. Era uma árvore selvagem, imprópria para um jardim urbano. A criança adorava a árvore e adorava o pai, que lhe tinha sido devolvido contra todas as suas sombrias expectativas. Ela o viu derrubar a árvore com um machado, cantando enquanto cortava, fazendo toras, um toco e feixes de gravetos da madeira viva. Um portão se fechou na cabeça dela. Precisava aprender a viver no cotidiano, disse a si mesma, em uma casa, em um jardim, em casa, onde havia manteiga novamente, creme de leite e mel, tudo bom de provar. Devia saborear o tempo de paz.

Mas do outro lado do portão fechado estava o fulgurante mundo negro onde ela havia entrado no tempo do exílio. O Freixo-Mundo e a ponte do arco-íris, que pareciam eternos, destruídos em um piscar de olhos. O lobo com seus pelos do pescoço arrepiados e os dentes sujos de sangue, a serpente com a coroa de tentáculos de carne, Loki sorrindo com sua rede de pesca e as labaredas, o navio córneo feito de unhas de homens mortos, o Fimbulwinter e a conflagração de Surtr, a superfície negra inespecífica, sob um céu negro inespecífico, no fim das coisas.

Rochedos no Riesengebirge

Considerações sobre os mitos

A palavra mito vem do grego *"muthos"*, algo que é falado, em oposição a algo que é feito. Pensamos em mitos como histórias, embora, como diz Heather O'Donoghue na introdução de seu interessante livro sobre os mitos nórdicos, existam mitos que não são essencialmente narrativas. Pensamos neles de maneira vaga como contos que explicam, ou personificam, as origens do nosso mundo. Karen Armstrong, em sua *Breve história do mito*, diz que os mitos são uma forma de tornar as coisas compreensíveis e significativas em termos humanos (o Sol como uma biga dirigida por uma mulher através do firmamento) e que quase todos têm raízes na "morte e no medo da extinção"; Nietzsche, em *O nascimento da tragédia*, vê os mitos como figuras e histórias nebulosas, como as dos sonhos, construídas de acordo com o princípio apolíneo da ordem e da forma, para proteger os seres humanos da apreensão gerada pelos estados dionisíacos da ausência de forma, do caos e da satisfação em destruir. A tragédia controla a força primitiva da música, oferecendo-nos belas formas ilusórias de deuses, demônios, homens e mulheres, por meio dos quais a apreensão é suportável e possível. Ele escreveu:

> Sem o mito [...] toda cultura perde sua força natural sadia e criadora: só um horizonte cercado de mitos encerra em unidade todo um movimento cultural. Todas as forças da fantasia e do sonho apolítico são salvas de seu vaguear ao léu somente pelo mito. As imagens do mito têm que ser os onipresentes e desapercebidos guardiões demoníacos, sob cuja custódia cresce a alma jovem e com cujos signos o homem dá a si mesmo uma interpretação de sua vida e de suas lutas [...].

Os heróis de Nietzsche foram Ésquilo e Sófocles, cujos personagens são seres míticos. Ele não apreciava Eurípides, que tentou humanizar os atores dessas histórias, dando-lhes características e personalidades individuais.

Desde muito pequena, eu tinha consciência de que havia uma diferença entre a leitura de mitos e a leitura de contos de fadas, ou de histórias sobre pessoas reais, ou sobre pessoas reais imaginárias. Os deuses, demônios e outros atores dos mitos não têm personalidade ou caráter como os personagens dos romances. Não têm psicologia, embora Freud tenha usado a vida mítica de Édipo como uma forma de descrever os mecanismos do inconsciente. Eles têm atributos — Hera e Frigg são fundamentalmente ciumentas, Thor é violento, Marte é guerreiro, Baldur é belo e amável, Diana de Éfeso é fértil e virginal. Lembro-me, ao ver a deusa pela primeira vez em carne de pedra, com suas muitas camadas de seios, de ter compreendido que havia um sentido no qual ela era mais real do que eu naquele momento e sempre — mais pessoas tinham acreditado nela, pensado nela, tinham visto seu mundo de alguma forma depender da existência dela.

Seres míticos também são mais ou menos reais do que personagens de romances. Dom Quixote tenta entrar no universo do mito, e a disparidade entre seus mundos, o real e o imaginado, torna-se quase uma força mítica em si mesma. Anna Karenina, o príncipe Míchkin, Emma Bovary, Gustav von Aschenbach são personagens humanos com idiossincrasias e individualidade, mas suas histórias são complicadas pela presença de mitos impessoais. Aschenbach é um campo de batalha para o Apolo e o Dionísio de Nietzsche; o príncipe Míchkin é um ser humano tentando ser um homem à imagem de Cristo. Durante muitos anos, dei aulas noturnas sobre mito e realidade no romance, e examinávamos as formas míticas que constituíam um fio em obras de ficção mais (ou menos) realistas. Meus próprios romances também têm fios de mitos em suas narrativas, que são uma parte essencial da ideia e da forma dos livros, bem como da maneira de os personagens se colocarem no mundo.

Escolhi escrever sobre o mito nórdico do Ragnarök porque foi durante a minha experiência de infância de ler e reler *Asgard e os deuses* que percebi pela primeira vez a diferença entre mito e conto de fadas. Eu não "acreditava" nos deuses nórdicos, e na verdade utilizei a minha noção do mundo deles para concluir que a história cristã era outro mito, o mesmo tipo de história sobre a natureza das coisas, porém menos interessante e menos emocionante. Os mitos não me davam tanta satisfação narrativa quanto os contos de fadas, que me parecem ser histórias sobre histórias, para dar ao leitor o prazer de reconhecer variações incessantemente repetidas dos mesmos padrões narrativos. Nos contos de fadas — se aceitarmos a violência sangrenta e as coisas horríveis que acontecem com os personagens maus —, o importante é um resultado prazeroso e satisfatório já previsto, onde os bons sobrevivem e se multiplicam e os maus são punidos. Os irmãos Grimm pensavam que seus contos de fadas reunidos eram a antiga religião popular de seus antepassados alemães, mas existe uma diferença entre as duas coisas. Hans Andersen não escreveu contos de fadas impessoais desse tipo, ou pelo menos não muitas vezes; escreveu histórias cheias de nuances com personagens, personalidades e sentimentos nelas, histórias autorais, obras da imaginação. Eu tinha a impressão de que ele estava tentando me assustar ou ferir como leitora. Ainda acho que estava.

Os mitos costumam ser insatisfatórios, até mesmo angustiantes. Intrigam e assombram a mente que se depara com eles. Dão forma a diferentes partes do mundo dentro de nossa cabeça, e o fazem não como prazeres, mas como encontros com o que é inapreensível. Com o que é numinoso, usando uma palavra muito em voga quando eu era estudante. Na minha cabeça, os contos de fadas eram iguais a pequenos colares cintilantes de pedras preciosas, madeiras e esmaltes primorosamente trabalhados. Os mitos eram espaços cavernosos iluminados com cores exageradas, soturnos ou ofuscantes, com uma espécie de densidade enevoada e uma espécie de transparência ultrabrilhante. Achei uma descrição de o que é ser arrebatada por um mito em um poema que minha mãe me deu para ler, "Romance", de W. J. Turner.*

* Em tradução livre. (N. T.)

Quando eu tinha uns treze anos,
Fui p'ra uma terra dourada,
Chimborazo, Cotopaxi,
Onde fiquei encantada.

Meu pai morreu, meu irmão também,
Foram-se, como sonhos a voar.
Fiquei, e vejo Popocatapetl
à luz do sol rebrilhar.

Mal escuto a voz do mestre
Nem dos meninos, da brincadeira —
Chimborazo, Cotopaxi,
Fico aqui a vida inteira.

Andei no ouro de um sonho
Indo e vindo da escola —
Brilhante Popocatapetl,
O pó nas ruas cabriola.

Vim com um rapaz cor de ouro escuro
E todo o tempo me calei,
Chimborazo, Cotopaxi,
Me encantou, nem mais falar sei.

Olhava encantada seu rosto,
Mais lindo que qualquer flor —
Ó brilhante Popocatapetl,
Era a tua hora mágica do amor:

Tuas casas, pessoas, tráfego
eram sonhos leves em pleno dia;

Chimborazo, Cotopaxi,
Minh'alma é só tua, eu sabia!

Reconheci aquele estado de espírito, aquele outro mundo. As palavras em minha cabeça não eram Chimborazo e Cotopaxi, mas Ginnungagap, Yggdrasil e Ragnarök. E, mais tarde, pela vida afora, houve outros momentos como aquele. Enéas vendo a Sibila de Cumae se contorcendo na caverna. "*Immanis in antro bacchatur vates.*" Ou a brilhante serpente de Milton atravessando o Paraíso, ereta em cima de seus anéis.

Quando a Canongate me convidou para escrever um mito, soube imediatamente sobre qual mito queria escrever. Deveria ser Ragnarök, o mito que acaba com todos os mitos, o mito em que os próprios deuses são todos destruídos. Havia versões dessa história na qual o mundo, que havia terminado em uma superfície plana de água negra, era limpo e ressuscitado, como o mundo cristão depois do último julgamento. Mas os livros que li me diziam que isso poderia muito bem ser uma interpolação cristã, e achei a conclusão fraca e pobre se comparada com toda a esplêndida destruição. Não, o lobo devorou o rei dos deuses, a serpente envenenou Thor, tudo queimou sob uma luminosidade vermelha e afundou na escuridão. Foi, por assim dizer, uma conclusão satisfatória.

Foi mais difícil do que eu pensava encontrar uma voz para contar o mito que não fosse profética ou soasse como um cantochão, ou fosse admonitória na forma errada. A civilização em que vivo pensa cada vez menos em termos de mito em estado puro, acho eu, e a ideia de muitos outros escritores da série da Canongate tem sido dar aos mitos a forma de romances ou de histórias modernas, de recontar os contos como se as pessoas, neles, tivessem personalidades e psicologias. Há também uma releitura das histórias particularmente interessante feita pelo romancista dinamarquês Villy Sørensen, publicada em dinamarquês como *Ragnarök. En gudefortælling*, e em inglês como *A queda dos deuses*. Sørensen cresceu, diz ele, no mundo influenciado pela doutrina cristã de N. F. S. Grundtvig, que, em sua *Northern Mithology* (1808) [Mitologia do norte], argumentou que a guerra entre os deuses nórdicos e os gigantes era "a luta do espírito contra o lado mais vil da natureza humana — como a luta perpétua da cultura contra a barbárie". Os seguidores de Grundtvig acreditavam que o "novo mundo" retratado em um poema de *Elder Edda* que teria surgido após a catástrofe de Ragnarök — e que foi chamado de Gimle — seria uma analogia da Segunda Vinda cristã, o novo céu e a nova terra anunciados no Apocalipse. Sørensen sugere, como fizeram os estudiosos alemães que escreveram *Asgard e os deuses*, que, como os contos foram escritos por islandeses que já eram cristãos, suas interpretações e fórmulas podem ter sido influenciadas pelo cristianismo. Os dinamarqueses pensavam em Ragnarök seguido por Gimle depois de terem sido derrotados pelos prussianos em 1864, e a versão de Sørensen é parte de uma tentativa escandinava de livrar o mito das conotações germânicas (e, eventualmente, nazistas) envolvidas na história do *Götterdämmerung* de Wagner.

A maneira que Sørensen encontrou para resgatar e

recontar o mito nórdico foi humanizá-lo sob a forma de um campo de batalha entre o poder e o amor, com Loki — deus e gigante ao mesmo tempo — como figura central e em conflito. O Valhalla de Sørensen é humano e doméstico. Seus deuses têm sentimentos, dúvidas, problemas psicológicos. Ele termina não com Gimle, mas com o fim do mundo — diz que escolheu entre Ragnarök e Gimle e que com isso despertou uma grande irritação em dinamarqueses religiosos. O que ele faz, de uma forma muito interessante, é precisamente o que me senti impossibilitada de fazer.

Tentei uma ou duas vezes encontrar um modo de contar o mito que pudesse preservar sua distância e diferença, e finalmente me dei conta de que estava escrevendo, para o eu da minha infância, sobre a maneira como se deu meu encontro com os mitos e como pensei sobre o mundo quando li *Asgard e os deuses* pela primeira vez. Assim, introduzi a figura da "criança magra no tempo da guerra". Esta não é uma história sobre essa criança magra — ela é magra em parte porque *era* magra, mas também porque o que é descrito do mundo dela é magro, não substancial e luminoso, o lado de dentro de suas leituras e de sua cabeça pensante, e as maneiras como ela associou os mundos de *Asgard* e de *O peregrino* com seu mundo e com a vida que vivia.

A guerra podia ter destruído o mundo da criança magra. Ela criou em sua cabeça seu próprio mito oposto. Mesmo que — na verdade, mesmo quando — ela própria chegasse ao fim, a terra continuaria a se renovar. O belo campo estava cheio de flores, o céu cheio de pássaros, o mato escondia um mundo de lutas, a água estava cheia de vida com coisas que nela nadavam e coleavam. A morte dos deuses é uma história linear, com começo, meio e fim. A vida humana é uma história linear. Os mitos avançam em direção a catástrofes e talvez a ressurreições. A criança magra acreditava na eterna repetição das coisas que crescem, e no tempo.

Entretanto, quando se escreve uma versão do Ragnarök no século XXI, ela é assombrada pelo processo de imaginar um fim diferente das coisas. Somos uma espécie de animal que está promovendo o fim do mundo em que nascemos. Não por maldade ou premeditação, ou não principalmente por isso, mas por causa de uma mistura desequilibrada de inteligência extraordinária, ganância extraordinária, extraordinária proliferação de nossa própria espécie e uma miopia biologicamente incorporada. Todos os dias leio sobre uma nova extinção, sobre o branqueamento dos corais, o desaparecimento do bacalhau que a criança magra pescava no Mar do Norte com linha e anzol, quando havia sempre mais de onde aquilo viera. Leio sobre projetos humanos que destroem o mundo em que estão, poços de petróleo engenhosa e ambiciosamente construídos em águas profundas, uma estrada atravessando as rotas de migração dos animais no parque Serengeti, o cultivo de aspargos do Peru, balões de hélio para transportar as colheitas de modo mais barato, emitindo menos carbono, enquanto as próprias fazendas estão gastando perigosamente a água de que as hortaliças, os seres humanos e outras criaturas dependem. Eu queria escrever o fim da nossa Midgard — mas não escrever uma alegoria ou um sermão. Quase todos os cientistas que conheço acham que estamos engendrando a nossa própria extinção, e cada vez mais rápido. As plantas silvestres nos campos que a criança magra via e considerava eternas estão muitas delas já extintas por métodos agrícolas modernos. Não há mais revoadas de bandos de maçaricos. Tordos não quebram mais caracóis em cima das pedras e o pardal desapareceu dos nossos jardins. De certa forma, a Serpente Midgard é o personagem central da minha história. Ela gosta de ver os peixes que mata e devora, ou que mata por diversão, o coral que esmaga e descora. Envenena a terra porque é da sua natureza. Quando comecei a trabalhar nesta história, tinha uma metáfora em mente — via o navio da morte, Naglfar, feito de unhas de homens mortos, como uma imagem daquilo que hoje é conhecido como o vórtice de lixo, o acúmulo de plástico indestrutível que está girando no Pacífico e que é maior do que o Texas. Pensei em como crescera desde que Thor Heyerdahl ficou desolado ao encontrar copos de plástico flutuando no oceano vazio durante sua viagem do Kon-Tiki, em 1947. Mas eu queria contar o mito de acordo com seus próprios termos, como a criança magra o descobriu.

Eu disse que não queria humanizar os deuses. Mas sempre tive em mente a sabedoria do mais inteligente pensador sobre deuses, seres humanos e moralidade, Ludwig Feuerbach. *"Homo homini deus est"*, escreveu ele, indicando como os nossos deuses do Amor, da Ira, da Coragem e da Caridade eram na verdade projeções de qualidades humanas que elaboramos a partir de nossa percepção de nós mesmos. Ele se referia ao deus encarnado do cristianismo, um Deus em um homem que, para Feuerbach, era um homem feito deus. George Eliot traduziu *A essência do cristianismo* com fluência e flexibilidade, e a influência dessa obra é forte no trabalho dela.* Contudo, há um aspecto

* George Eliot é pseudônimo de Mary Ann Evans. (N. E.)

em que os deuses nórdicos são peculiarmente humanos de uma forma diferente dessa. São humanos porque são limitados e pouco inteligentes. São gananciosos, gostam de lutar e de fazer brincadeiras. São cruéis e apreciam caçadas e gracejos. Sabem que Ragnarök está chegando, mas são incapazes de imaginar um modo de evitá-lo ou de mudar a história. Sabem como morrer bravamente, mas não como fazer um mundo melhor. "*Homo homini lupus est*", escreveu Hobbes, o homem é o lobo do homem, designando o lobo interior. Hobbes, que tinha uma visão sombria da vida dos homens, que a considerava solitária, medíocre, sórdida, brutal e curta. Loki é o único que é inteligente, e Loki é irresponsável, rebelde e zombeteiro.

Deryck Cooke, em seu magnífico estudo sobre o Ciclo do Anel wagneriano, *I Saw the World End* [Eu vi o fim do mundo], mostra como Wagner construiu habilmente seu personagem Loge com base nas fontes disponíveis dos mitos. O Loge de Wagner, diz Cooke, é o deus do fogo e o deus do pensamento. O Loki dos velhos mitos é apenas metade deus, e possivelmente aparentado com gigantes e demônios. É provavel que uma etimologia falsa seja o que associa Logi, o espírito germânico do fogo, ao Loki dos Eddas, mas o Loge de Wagner é ao mesmo tempo um solucionador de problemas e o portador das chamas que destroem o Freixo-Mundo. Quando criança, sempre simpatizei com Loki, porque ele era um intruso inteligente. Quando escrevi este livro, percebi que Loki estava interessado no Caos — em suas histórias há chamas e cachoeiras, as coisas informes dentro das quais os teóricos do caos percebem a ordem dentro da desordem. Ele se interessa pela ordem da destruição e pela destruição da ordem. Se eu escrevesse uma alegoria, ele seria a desapaixonada inteligência científica que poderia ou salvar a terra ou contribuir para sua rápida desintegração. Sendo como é, o mundo acaba porque nem os deuses demasiado humanos, com seus exércitos e disputas, nem o fogoso pensador sabem como salvá-lo.

Agradecimentos

Gostaria de agradecer a Jamie Byng por seu entusiasmo por este projeto e a Francis Bickmore por sua sabedoria editorial e sua paciência. E gostaria de agradecer a Norah Perkins. Minha amiga Jenny Uglow partilhou comigo ideias e a paixão pelas histórias nórdicas. Sou particularmente grata a meu tradutor dinamarquês, Claus Bech, que me deu o *Ragnarök* de Villy Sørensen em dinamarquês e inglês, além de propor nomes dinamarqueses para peixes. Minha tradutora alemã, Melanie Walz, também ajudou com versões em alemão dos mitos. Minha agente Deborah Rogers foi maravilhosamente entusiástica e atenciosa, e Mohsen Shah, de Rogers Coleridge e White, manteve tudo numa ordem maior do que parecia possível. Meu marido, Peter Duffy, como sempre, acompanha problemas e entusiasmos e acrescenta novas ideias. Minha filha, Miranda Duffy, que já passou algum tempo trabalhando com lobos, disse-me o que ler e contou-me como os lobos se comportavam.

Bibliografia

OS MITOS

BOYER, Régis (Org. e trad.). *L'Edda Poétique*. Paris: Fayard, 1992. Em francês; com úteis ensaios acadêmicos.

MAGEE, Elizabeth (Selec. e org.). *Legends of the Ring*. Londres: Folio Society, 2004. Essa ampla coletânea inclui traduções de partes da *Prose Edda*, de Jean L. Young, e algumas boas traduções do *The Mythological Poems of the Elder Edda*, de Patricia Terry.

STANGE, Manfred (Org.). *Die Edda*. Wiesbaden: Marixverlag, 2004. Em alemão; uma vívida versão.

STURLUSON, Snorri. *Edda*. (Org. e trad. Anthony Faulkes) Londres: Everyman, 1987.

WÄGNER, W. *Asgard and the Gods*. (Adap. M. W. Macdowall e org. W. S. W. Anson) Londres: 1880.

ESCRITOS SOBRE OS MITOS

ARMSTRONG, Karen. *A Short History of Myth*. Edimburgo: Canongate Books, 2005. [Ed. bras.: *Breve história do mito*. Trad. de Celso Nogueira. São Paulo: Companhia das Letras, 2005.]

BOYER, Régis. *Yggdrasill. La réligion des anciens Scandinaves.* Paris: Bibliothèque Historique Payot, 1981, 1992. Conceituado e imaginativo.

COOKE, Deryck. *I Saw the World End. A Study of Wagner's Ring.* Londres: Clarendon Paperbacks, 1976. Esse estudo sobre as óperas de Wagner, infelizmente uma publicação póstuma e incompleta, está repleto de ideias e informações interessantes sobre os mitos e sobre como Wagner os utilizou.

NIETZSCHE, Friedrich. *The Birth of Tragedy and The Genealogy of Morals.* (Trad. Francis Golffing) Nova York: Anchor Books, 1956. *Die Geburt der Tragödie* foi publicado pela primeira vez na Alemanha em 1872. [Ed. bras.: *O nascimento da tragédia — Ou Helenismo e Pessimismo.* Trad. de Jacó Guinsburg. São Paulo: Companhia das Letras, 1992.]

O'DONOGHUE, Heather. *From Asgard to Valhalla.* Londres: I. B. Tauris and Co., 2007. Estuda os mitos e o posterior uso literário deles.

SØRENSEN, Villy. *Ragnarök* (1982). Traduzido do dinamarquês por Paula Hostrup-Jessen como *The Downfall of the Gods.* Lincoln, NE: University of Nebraska Press, 1989.

STEINSLAND, Gro. *Norrøn Religion.* Oslo: Pax Forlag, 2005. Um estudo interessante e lindamente ilustrado que deveria estar disponível em inglês.

TURVILLE-PETRE, Edward Oswald Gabriel. *Myth and Religion of the North Holt.* Londres: Weidenfeld and Nicholson, 1964.

ALGUMAS PLANTAS E CRIATURAS

ELLIS, Richard. *Sea Dragons.* Lawrence, KS: University Press of Kansas, 2003.

———. *Encyclopedia of the Sea.* Nova York: Alfred A. Knopf, 2006.

GIBSON, Ray; HEXTALL, Benedict; ROGERS, Alex. *Photographic Guide to the Sea and Shore Life of Britain and North-West Europe.* Oxford: Oxford University Press, 2001.

HUXLEY, Anthony. *Plant and Planet.* Londres: Allen Lane, 1974. Edição revista, Londres: Pelican, 1978.

JONES, Steve. *Coral: A Pessimist in Paradise.* Nova York: Little, Brown, 2007.

KURLANSKY, Mark. *Cod.* Nova York: Vintage, 1999.

MECH, L. David. *The Wolf: The Ecology and Behaviour of an Endangered Species.* Minneapolis, MN: University of Minnesota Press, 1970, 1981.

MECH, L. David; BOITANI, Luigi (Orgs.). *Wolves: Behaviour, Ecology and Conservation*. Chicago: University of Chicago Press, 2003.

TUDGE, Colin. *The Secret Life of Trees: How They Live and Why They Matter*. Londres: Penguin, 2006.

ADVERTÊNCIAS

ELLIS, Richard. *The Empty Ocean*. Washington, DC: Island Press/Shearwater Books, 2003.

HARVEY, Graham. *The Killing of the Countryside*. Londres: Jonathan Cape, 1997.

PAULY, Daniel; MACLEAN, Jay. *In a Perfect Ocean: The State of Fisheries and Ecosystems in the North Atlantic Ocean*. Washington, DC: Island Press, 2003.

REES, Martin. *Our Final Hour*. Nova York: Basic Books, 2003.

ROBERTS, Callum. *The Unnatural History of the Sea: The Past and Future of Humanity and Fishing*. Londres: Octopus, 2007.

E O CAOS...

GLEICK, James. *Chaos: Making a New Science*. Nova York: Viking Penguin, 1987; e diversas edições daí em diante.

ESTA OBRA FOI COMPOSTA POR ACOMTE
EM MERIDIEN E IMPRESSA PELA GEOGRÁFICA EM OFSETE
SOBRE PAPEL PÓLEN BOLD DA SUZANO PAPEL E CELULOSE
PARA A EDITORA SCHWARCZ EM MAIO DE 2013

FSC®
www.fsc.org
MISTO
Papel produzido a partir de fontes responsáveis
FSC® C019498

A marca FSC® é a garantia de que a madeira utilizada na fabricação do papel deste livro provém de florestas que foram gerenciadas de maneira ambientalmente correta, socialmente justa e economicamente viável, além de outras fontes de origem controlada.